NÄLKÄVUOSI

白色饥荒

AKI OLLIKAINEN

[芬兰] 阿奇·奥利凯宁 著

白文革 译

广西师范大学出版社
·桂林·

白色饥荒
BAISE JIHUANG

Original title: Nälkävuosi
Copyright © Aki Ollikainen, 2012
Published by arrangement with Siltala Publishing, Finland
Simplified Chinese translation copyright © 2021
by Guangxi Normal University Press Group Co., Ltd.
The simplified Chinese translation rights were arranged through Rightol Media
（本书中文简体版权经由锐拓传媒取得 Email: copyright@rightol.com）
ALL RIGHTS RESERVED
著作权合同登记号桂图登字：20-2019-159 号

图书在版编目（CIP）数据

白色饥荒/（芬）阿奇·奥利凯宁著；白文革译. --桂林：广西师范大学出版社，2021.9
ISBN 978-7-5598-4099-8

Ⅰ. ①白… Ⅱ. ①阿… ②白… Ⅲ. ①中篇小说－芬兰－现代 Ⅳ. ①I531.45

中国版本图书馆 CIP 数据核字（2021）第 156025 号

广西师范大学出版社出版发行
（广西桂林市五里店路9号　邮政编码：541004）
（网址：http://www.bbtpress.com）
出版人：黄轩庄
全国新华书店经销
广西民族印刷包装集团有限公司印刷
（南宁市高新区高新三路1号　邮政编码：530007）
开本：787 mm × 1 092 mm　1/32
印张：5.625　　字数：80 千
2021 年 9 月第 1 版　　2021 年 9 月第 1 次印刷
印数：0 001~6 000 册　　定价：48.00 元

如发现印装质量问题，影响阅读，请与出版社发行部门联系调换。

序 幕

船桨架发出吱扭吱扭刺耳的声音,宛若鸟叫。

船舱里卧着两条细小的梭子鱼,看起来更像蛇而非鱼。它们已经不再蹦跶;寒冷把它们冻得僵硬。它们大张着嘴,仍在滴血,血液渗入玛塔莱娜脚边的水中,形成细长的旋涡。

玛塔莱娜把手伸进冰冷的湖里,让手懒洋洋地沿着船边在湖水里滑行,直到那寒冷刺痛了她的指关节。风卷起大浪,投影在湖中的天空斑斑驳驳、支离破碎,仿佛被敲碎了一样。

尤哈尼伸长那仙鹤般强壮有力的脖子,仰望天空。玛塔莱娜随了父亲的长相,也有着高高的鼻梁。

天空像是一根巨大的银勺罩在湖上。

"它们已经开始南迁了。"尤哈尼叹了口气。

"什么东西南迁啊？"

"天鹅。"

"我什么鸟儿也看不到啊。"

"那是因为它们已经离开了。"尤哈尼低下头，看向玛塔莱娜。

"还好，我们捕到了鱼。"

尤哈尼把船停靠在灌木丛中。玛丽亚已经抱着尤霍来接他们了。她把儿子放在地上，玛塔莱娜拉起了弟弟的小手。玛丽亚看向船里边的鱼。

"鱼好瘦啊。"

湖对岸的树木在水中映出黑压压的倒影。不知在何处，有只潜鸟在啼叫。不久，它也会南飞。

他们沿着一条狭窄的小路穿过树林。当玛丽亚弯腰去找越橘时，她听见一阵急促而愤怒的嘶嘶声，犹如灼热的火把掉进水中的声音。她尖叫一声，吓得往后一跳。结果脚没站稳，她跌倒在灌木丛里。她先是看见模模糊糊的圆点：那是夜间被霜打过发白的越橘。然后她朝嘶嘶声的方向看去，慢慢地，一个黑线圈现出蛇的形状。它的眼睛是霜打的越橘色，两齿状如冰柱。但是那条蝰蛇并没有逃窜，而只是发出嘶嘶声。

尤哈尼一手举起石头迈步向前，朝蛇打去。蛇被石头戳中压住了。

玛丽亚长舒一口气，驱散了憋在肚中的恐惧。尤哈尼伸手将她扶起。

"可怜的玩意，早就冻得晕晕乎乎了，无法逃脱。"

玛丽亚看着那块石头，好像还能透过那灰石头看到蛇一样。

"它还活着吗？"

"死了。"尤哈尼边说边弯腰去掀那块石头。

"别了，看在上帝的分上！别管它了。我可不想看到一条死蛇。"

"好吧。"

一阵窸窸窣窣的声响，如同一块燃烧的木头掉到装满水的桶里一样。昏暗的灯光下，尤哈尼从自己的床上起来，身影映在墙上，他撩起玛丽亚的睡裙，双手放在她的膝上将她的双腿扒开，墙上摇晃着他影影绰绰的身影。玛丽亚抓住了尤哈尼勃起的阳物。她也想温存，但恐惧甚至超过了她燃烧的性欲。万一怀孕了怎么办？又要多一张吃饭的嘴，而境况已经如此凄惨。玛丽亚把尤哈尼推开到床垫上。尤哈尼叹了口气，试图掩饰自己的失望。

玛丽亚攥住他的阳物，上下移动她的手。尤哈尼发出低沉的呻吟。她把另一只手放在自己的私处。尤哈尼最先达到了高潮，接着是玛丽亚，她咬着自己睡裙的领子，热浪穿过她的身体。之后，她再次感到空虚。她抚摸着尤哈尼软绵绵的阳物，想起了那些细小不堪的梭子鱼。

1867年10月

他应该弃卒保帅,否则白皇后将会把国王逼到绝境,而几步之遥的象,则来不及前来营救。

拉尔斯·伦奎斯特不得不承认这盘棋局看上去毫无指望。泰奥用手指不耐烦地敲打着桌边。

泰奥对哥哥说:"干脆放弃吧,何苦死死撑着不放?要不咱们就先下到这儿,改天再接着来。"

拉尔斯应声道:"也好,那就下次见面时一决胜负。"

泰奥饶有兴致地端详着哥哥的面庞;拉尔斯还在揣摩棋盘上的棋子。他注意到拉尔斯开始皱起眉头,如同哥哥那位参议院可敬的上司。

泰奥说道:"要我看啊,你那位参议员犯了一个错。"

拉尔斯叹了口气："你不了解这个国家的症结所在。"他起身，往两个小玻璃杯中舀了点果酒，递给泰奥一杯，接着说道："我们需要为人们提供就业机会。一旦开始无偿地充实他们的粮仓，就会陷入一个无底洞。眼下最紧迫的任务就是为失业者争取工作。"

"食不果腹，有工作也是徒劳。有何意义呢？"

拉尔斯变得越来越焦躁不安。他的参议员上司在没有罗斯柴尔德家族担保的情况下筹划了一笔贷款。他能拿下这笔贷款完全是因为这个国家良好的信誉。决不能在遇到第一个障碍时就失手而危及这种信誉。

拉尔斯厉声吼道："我就不明白了，你怎么就搞不懂呢！"

正在这时，客厅的门开了，拉克尔端着茶盘走了进来，她把茶盘放在了小桌上。时机把握得太好了。拉尔斯深吸一口气，妻子那温柔的一瞥平息了他的怒火。

泰奥认为，拉克尔要比她丈夫明智。如果有人聪明到请教她有关乞讨的问题，那么她可能早就摆平了。她肯定会鼓励大家先回家，告诉他们：只需耐心等待，一旦找到一口大大的锅，人人都会有吃的。

"这个主意的初衷是要商家来筹措粮食，做紧急供应。这是参议员的提议，他这样做合情合理。商人们没有采取有效的行动进行筹划，那并不是他的过错。"拉尔斯听起来像是一位苦难深重的父亲，不厌其烦地向他的孩子说明情况。

泰奥说："没人订购那些粮食。毕竟，你想让商人填饱穷人的肚子，就好比要求一个牧师脱下他身上的长衫给他的同僚。"

拉尔斯听到牧师的字眼，一时没有作声。泰奥猜想他哥哥还在为陈年往事感到愧疚，因为兄弟俩谁也没有遂了父亲的遗愿投身于神学。

拉克尔言道："我知道有人愿意把自己的长衫

脱下给红山区[1]的妓女。"

泰奥摊开双臂,说道:"我是贫贱之人的医生,就像伟大的帕拉塞尔苏斯[2]一样。"

"赫尔辛基的妓女这下没什么好担心的了,好歹有咱们的帕拉塞尔苏斯大人照料。"

拉尔斯扑哧一下乐出了声。拉克尔起身离开房间,随手砰地关上了房门,面带得意扬扬之色。泰奥也感到乐不可支,想象着拉克尔因说出最后的话语而挂在唇边那胜利的微笑。要不是拉克尔有不育之症,她一定会是个贤良的母亲。当然,泰奥想,问题很可能出在拉尔斯身上。他们的家庭大概受到了诅咒,到他们兄弟俩这儿就断子绝孙了。

也许这正是问题的症结所在。饥荒淘汰了最为衰弱的公民,就像园丁修剪掉他那苹果树上的枯烂树枝一样。

---

1. Punavuori,芬兰首都赫尔辛基的一个区。——译者
2. Paracelsus,或译巴拉塞尔士,约1493年—1541年,中世纪瑞士医生、炼金术士、占星师。——译者

泰奥走后，拉尔斯又开始专注棋盘上的形势。他可以用小兵这个棋子为自己再争取几步的时间，但除非泰奥犯个重大的错误，否则连平局都难达成。败局已定，拉尔斯有种感觉，泰奥是刻意中断了这场象棋对弈。也许他只是想让拉尔斯花时间分析一下形势，让他认识到自己绝望的处境。

拉尔斯在心中看到了参议员的表情，极度残酷、声嘶力竭地咆哮道："助理会计还有什么托词？我已经下达了指令，赶快去传达！"

事情发生在一个月之前。拉尔斯站在参议员的门口，手里攥着阿尔夫坦省长发来的电报。不过，他小心翼翼，不把电报揉成一团，因为参议员已经定下了规矩，只有他有权揉搓电报并在一怒之下将它们扔到房间的另一边。北方那边的粮食已经耗尽，阿尔夫坦想要尽快获得紧急援助。拉尔斯仅仅是个传话者，但参议员总是把怨气转嫁到他身上。拉尔斯鼓足勇气大胆地说道，也许那边的情况真的惨不忍睹。参议员回答说,必是如此,至少在内务处理方面。伴随着咒骂声,拉尔斯离开了房间。一开始,他痛恨自己,痛恨自己优柔寡断的性情,后来又痛恨这个世界上所有像阿尔夫坦这样的人,痛恨那些在紧要关头表现得懦弱无能的官僚,痛恨他们一有风吹草动就让步屈服,让参议员这样的伟人在风暴中孤立无援。最后,他诅咒这个国家腹地的愚民——肥头大耳、懒懒散散的地主,他们弃自己的佣工于不顾,只为了他们自己可以多吃多餐,尽管按理说,他们应该养活穷人,无论是农场工人还是乞丐。

拉克尔开口说道:"秋天的花已经开过。"

拉尔斯开始诧异地打量妻子。她就站在月季花旁,轻轻地抚弄着那些绿叶。

"一个多星期没开半朵花了。"

"哦,真的吗?往年,花期要过了万圣节,不是吗?"

拉尔斯挣扎着站起身,走向他的妻子。每当月季花开始冬眠时,总有一种忧郁袭上拉克尔的心头,她再次被剥夺了寄托温情和爱意的对象。要是月季不再开花怎么办?每到冬季她都面临同样的恐惧,年复一年,每当拉尔斯下班回家,就会发现妻子在爱抚月季丛的叶子,说着同样的话语。

"春天就会盛开的,而且会更多。"

"也许吧,但愿如此。只是近来,一切美好的东西似乎都在枯萎。"

一个裹着头巾的男子骑马穿过沙漠,怀中拥着一个戴着面纱的少女,背景是一座被夕阳余晖染成金色的宫殿。

塞西莉亚光着身子跨在脸盆上,清洗自己的私处。水滑过她那黑黑的阴毛,将丝丝的小卷毛拉直,水珠从发梢滴到盆里。她挺挺身,双手覆在膝盖上,蹲下,把双腿再岔开大一点。交欢后的阴门还没有合上。

塞西莉亚评说道:"你的下巴都快要掉下来

了,样子蠢蠢的。"

泰奥递给那女人一块亚麻布,让她擦干身子。

"你叫什么名字?我是说你的真名是什么?"

"对你来说塞西莉亚还不够好吗?我的真名是艾琳。但老鸨想叫我塞西莉亚,其实她叫我塞西尔。"

"你真的是瑞典人,来自达拉纳[1]?"

"当然。"

如果需要,一个小时后,她就会是来自波兰的乌尔丽卡。她一边把脸盆推到桌子下面,一边亮出她的丰臀,而她根本不必翘得那么高。她的表演达到了预期的效果。泰奥试图转身无视她,但他像被钉住了一样,一动不动,眼睛直勾勾地粘在那赤裸裸的丰臀上,看到那苍白的皮肤仍然露出粉嫩的床垫印痕。泰奥思忖着,她知道我不得不走。他开始喘粗气。塞西莉亚拿出脸盆旁边的一个瓷质夜壶,

---

1. Dalarna,瑞典中部省份。——译者

顺势跨在上面。那个撒尿的女人令泰奥勃起,但他决心不让她的计谋得逞,最起码,不要让她看出她的诱惑赢得了上风。

"你就是个乡下姑娘,别试图否认。"

"这个地方根本算不上是圣彼得堡。而你的家乡只是一个破败小岛上的悲惨村庄。"

"我绝非有意冒犯。我只是想说,有些东西你改变不了。"

"你说什么?乡下姑娘?我为何要当什么乡下姑娘?也许那是你想要的,但不是我想要的。"

泰奥帮塞西莉亚穿上紧身胸衣。在给她勒紧带子的时候,他看到那女人的双乳挺起犹如刚出炉不久的面包。塞西莉亚在梳妆台前坐下,把头发重新梳成一个发髻。一根光秃秃的树枝在风中摇曳,刮擦着窗户。天空中,乌云渐渐变厚。第一轮雨珠打在窗格上,雨水涓涓流下。

"你不太赞成我的职业,所以你想假装我只是一个天真烂漫的乡下姑娘。你仔细想想我为何身处此地？如果你爱我，你就是在爱一个妓女。你可情愿？"

泰奥没有作答。他全神贯注地盯着雨滴形成的两股细流，想看看它们是否会在窗框挡住它们之前赶超彼此。

塞西莉亚在泰奥的脸颊上轻轻地吻了一下。

"你出高价睡我，尽管你本可以接上我、带我回家、免费享用我。"

"我不能挽着一个风月场上的女人在公众的眼皮子底下走来走去。"

塞西莉亚应声道："但我只是一个来自达拉纳的天真烂漫的乡下姑娘。"她的语气突然变得冷冰冰的，带着些许嘲弄。

"别这样。你知道人言可畏。这样的流言蜚语意味着我就不能再在这个城里行医了。"

"你觉得他们还不知道？人人都一清二楚。"

泰奥说："况且我也没有为此花钱。"

塞西莉亚现在已经彻底穿戴停当。她坐在房间里唯一的扶手椅上，轻松地跷着二郎腿。泰奥认为，这种姿势适用于绅士对他的仆人发号施令，对女人来说则非常不得体。可是，这对塞西莉亚来说却非常自然。泰奥把手插进裤兜里，省得在这个自负的妓女面前，像一个卑微的车夫，双手那样耷拉着。他站在那里，身体晃来晃去，心里记起马特松和其他码头工人有时就那么干。

"不错，你为老鸨提供服务。你维护她的名誉，她可以给医疗检查员献上没有脏病的姑娘。作为回报，我和你睡觉。这个，亲爱的泰奥，就是所谓的交易。"

"我这么做也是为了你。因为我在乎——你和其他姑娘。"

"我信你。你所做的一切都是为了我。只不过你从不肯在我的世界里多花一点时间，而我从未有片刻时光出现在你的世界里。"

泰奥心想，作为一个乡下姑娘，她有点聪明过头了。这种聪明夺去了她的天真烂漫。他永远拿不准何时是艾琳在讲话,何时是塞西莉亚在言语,而且也拿不准两者是否有什么区别。

"你到底是谁?艾琳还是塞西莉亚?"

"在这里,我永远都是塞西莉亚。"

"那我是不是要到达拉纳才能找到艾琳?"

"艾琳早死了。"

"她就不能复活吗?"

"只有你才有那种潜能让她复活,但你没有那种魄力。你不是耶稣。你缺乏那种勇气。"

泰奥周围的空间开始收缩,变得局促。贝都因[1]公主脸上的笑容空空洞洞:完全是迫于她的社会角色。所以那名骑手也没有开怀大笑。他的严肃并不是崇高、宁静的结果,而是艺术家的自我描画,因为他领悟到了那一幕是亘古不变的定格,也深知那沙漠边缘的宫殿不过是海市蜃楼。

---

1. 阿拉伯游牧民族。——译者

"那个邮递员的头骨被一下子打烂,他的后背被劈开,似是要将他剥皮剔骨。吉卜赛山上血流不止。一准是詹纳·海利干的好事,就是那个皮肤黝黑、面庞英俊的蛮汉,冷血得跟那些博滕区[1]的暴徒不相上下。不过,也不完全一样——这号人别处根本没有。而那就是我的家乡。"谈到在库奥雷韦西杀人越货的故事时,那个又矮又胖的怪老头说道。

泰奥猜不透那人的年龄,他的声音和言语听上去很年轻,但他的脸皱皱巴巴的,像个老家臣。泰奥记得在《挪威日报》上看到过一篇关于邮递员谋杀案的文章,这一罪行轰动了整个芬兰大公国[2],毕竟,受害者是位公务员。

"在库奥雷韦西,詹纳·海利那匹栗色大马在

---

1. Ostrobothnia,芬兰的20个区之一,隶属西芬兰省,位于波的尼亚湾东岸。这里用的是该词的形容词形式。——译者
2. 1809年—1917年,芬兰历史上的一个国家,附属于俄罗斯帝国。——译者

冰面上疾驰……"那位博滕人开始引吭高歌。

小曲戛然而止，只见一个大块头的波兰人一屁股坐在怪老头旁边的长凳上，一只胳膊搂住怪老头，开始用自己的语言唱起歌来。怪老头想要甩掉那波兰人，但那人已经酩酊大醉，根本没有留意到怪老头在不停地扭动挣脱。

"医呀医生，医呀医生。"那波兰人含含糊糊地唱道，茫然地盯着泰奥。

泰奥意识到，摆脱这个人最好的办法就是让他再喝上一杯。他向酒馆老板娘招招手，说再来点酒。听闻此言，那个自称博滕人的怪老头伸长脖子，急切地扭头左顾右盼，寻觅老板娘。

老板娘尖刻地说道："没你的份。"

尽管如此，泰奥还是请她给怪老头斟上一些酒，怪老头伸手去够酒杯，欣喜若狂。

那波兰人喝了一口酒，注意到角落的桌旁坐着个女人。他起身，跌跌撞撞地向她走去。女人不失时机地搂住那波兰人的脖子。波兰人开始揉搓她的乳房，而她则浪笑不止。那女人的男伴并未生气，只是后背靠在墙上面露微笑。他的靴子里掖着一把刀。泰奥目不转睛地盯着那把刀有好一会儿。

那男人瞥了泰奥一眼，揉了揉下巴，不露声色地拽了拽女人的袖子，朝泰奥的方向点了点头。那女人开始用火辣辣的眼神盯着泰奥，舌头慢慢地舔着自己的门牙，这一举动大概是在挑逗。她挣脱了波兰人的怀抱。

老板娘假装没看到泰奥的困境。那个怪老头也帮不上什么忙，他对着酒杯里剩下的最后一滴酒叨咕着关于詹纳·海利的事。

那女人一起身，波兰人便扑通一声扑倒在桌子上。

这时，马特松走进了酒馆，两三步穿过了这个小房间。那女人看了一眼马特松，有点失望，然后看向她的男伴，那男伴只是挥了挥手，做罢了状。女人又开始卖弄风骚地去唤醒波兰人。

"嘿。"马特松咕哝了一声，咧嘴狰狞一笑，如狼似虎。

他把怪老头挤到长凳的一端。那博滕人反推回去，但随后认出了马特松。

怪老头低下头，耸耸着他那溜肩，仿佛干了坏事的狗，被主人逮个正着。马特松看上去可不是什么善茬。

泰奥立马表白，近乎难堪："我可从未与你有过任何瓜葛。"

离开塞西莉亚和妓馆阿罕布拉宫后，泰奥在市集广场伫立了片刻。一阵强风从海上袭来。他望着巨大的白色浪花拍打着卡塔亚诺卡[1]的岩石。他觉得如果他不站在这里，张开双臂守候，平息那无情的大海，这个区那些破烂不堪的棚屋面对狂风暴雨将不堪一击。他不想回家，不愿意在空荡荡的房间里走来走去，满心都是对塞西莉亚的肉欲。似乎每

---

1. Katajanokka，芬兰首都赫尔辛基的一个区，有著名的乌斯别斯基教堂。——译者

次在跟她欢愉之后，塞西莉亚都是一成不变的遥不可及。

空中的云低沉沉的，用无情的力量将一切碾压，这个城镇所处的半岛似乎濒临倾覆的边缘。随后，一团滚滚的浪潮似要卷走卡利奥林纳别墅和天文台，伴随着凌厉的咆哮声，淹没圣尼古拉教堂[1]及其穹顶和参议院。这座新建的东正教大教堂将如雷鸣般地陷入惊涛骇浪之中。大海将不费吹灰之力冲走红山区的青楼妓院，摇摇晃晃的木制墙板会像根根木棍散落在海水中。绿色地狱酒馆将消失，阿罕布拉宫将随之而去，塞西莉亚也将不复存在。

泰奥想象着塞西莉亚那头红发在大海深处漂浮，犹如一株缠绕的水生植物，短裙像水母的圆顶伞一样鼓起，那无生命力但美丽的身躯在沉船旁移

---

1. St Nicholas' Church，赫尔辛基大教堂，又称白教堂，建于1852年，1917年芬兰独立之前，被称为"圣尼古拉教堂"。——译者

动,经过汉科半岛[1]和奥兰群岛[2],朝瑞典斯德哥尔摩方向漂移。

但这个女人将永远无法回到她的家乡达拉纳。在岩石峭壁被海浪冲刷的某个小岛旁,她的尸体会被渔网捕获。一个男人会把塞西莉亚从水中拖出,看着那死去的美人鱼,男人那饱经风霜的脸上,都是困惑的表情。

在卡塔亚诺卡,泰奥光顾了酒馆,后来觉得在那里不安全,就让老板娘的儿子寻来了马特松。

马特松疑惑不解地问道:"那么,到底是怎么回事?"

"我就是……就是想见见你。"

"很遗憾,我不能久留。我只是有点私事要和

---

1. Hanko Peninsula,位于芬兰西南部波罗的海芬兰湾入口处。——译者
2. Åland islands,又称阿赫韦南马群岛(Ahvenanmaa),是芬兰唯一的一个自治省,位于瑞典和芬兰之间的波的尼亚湾南端,由6500多个小岛组成。——译者

医生你商量一下。"马特松边说边起身。

风暴已经平息,城市本战告捷。教堂圆顶上的尖塔成功地撕裂了云层,月亮透过撕开的小孔闪烁着微光。

"我要是医生,我会和其他文人墨客坐在火炉边饮酒畅谈,而不是在这附近的酒馆里消磨时光。你说你有事要对我说?"泰奥问道。

"没错。我这儿……有个女人。不是亲戚,但我出于善心收留了她。医生你……能否检查她一下,确保她是不是还好,就是确保她没有任何……"

"性病。"

"就是这个意思。"

在夜色中,泰奥看到马特松的嘴唇似在说出"性病"的字眼。

"当然,我会付钱给医生你的。但我现在手头没钱。"

"没关系,我肯定我们会想出一个法子。"

马特松说:"不过,我也算是付过钱了。提醒一下医生你,那个波兰水手既没有钱也没了衣服,如果他能在海边苏醒,算他走运。"

"我想他应该身无分文了。没了衣服,他会冷死。即使穿着衣服,也难活命。"

"那样的话,他要么最好在海里醒来,要么永远别醒。"马特松表示首肯。

一条貌似受过鞭打的狗拖着一条后腿,从一座歪歪扭扭的建筑物后面蹦了出来。它看起来颇像它的主人,而它的主人不是别人正是卡塔亚诺卡,这个区里那些草草搭建的木屋似乎一有风吹草动就会向新的方向倾斜。马特松的棚屋与这个区的其他破落房屋没什么两样。

屋内坐在床上的女孩站了起来,行了屈膝礼,看上去她还不满二十岁。马特松递给泰奥一盏油灯。尽管姑娘的脸上长着青春痘,但在昏暗的光线下,泰奥觉得她看上去还是楚楚动人。

泰奥让女孩脱下衣服。她撩起那脏兮兮的亚麻裙摆到腋下，躺到床上。她没有穿内衣。泰奥将女孩的双腿分开。马特松清了清嗓子，说他会在外面等着。女孩眼睛盯着天花板上的木板，泰奥在床边坐下，把油灯的灯捻调高，来检查她的私处。阴部的毛发苍白，颜色暗淡。泰奥把手指塞进去时，女孩依然是一脸的严肃，那种面无表情的样子。阴洞很紧。看来并非风月老手，乍一看似乎很健康。

那女孩的头发和她的阴毛一样是浅色的。泰奥忍不住抚摸她的秀发。女孩扭动了一下身体，不是那种受到惊吓的样子，倒好像是昏昏欲睡。泰奥试着以友好的方式对她微笑，面对这种境况，他不知道他们两个人谁更为尴尬。

这个女孩的长相很有意思：泰奥可以在脑海中把她塑造成任何他想要的模样。如果他想要她丑一点，她就会显得其貌不扬；如果他想要她美一点，她就会显得漂漂亮亮。他前后移动手指，他已经知道了她没有性病。她的表情一如既往，她只把泰奥当成医生。不过，她的下面开始湿润起来。泰奥抽出手指，放在塞西莉亚曾指给他的那个敏感点，用手指轻轻地在上面揉圈，问女孩那里是什么感觉，试图让人听起来他像是在检查病人的膝盖。

泰奥问那女孩叫什么名字。

萨拉。

他把手指挪开。萨拉立刻把她的衣裙拉了下来。泰奥唤马特松进来。

"怎么样？"

"她没什么问题。"

马特松朝女孩点头示意。她把目光从马特松转向泰奥，迅速地脱下衣裙。马特松声称泰奥可以随意收取他的酬金，而他本人正在外面处理手中的活计。

萨拉光着身子坐在床沿上。泰奥脱下自己的衣服，叠好放在小桌子上。他把手指放在萨拉的嘴唇上滑动。她的姿势有点僵硬，但她张开嘴，足以让泰奥明白她理解他的用意。她吮吸着，就像吮吸炖锅中的一块肉。

然后她仰身躺在床上，双腿摊开。她把膝盖放平，双腿呈 V 字形。泰奥在楔形中找好自己的位置。

她露着脏兮兮的牙齿对泰奥娇羞地微笑，他一边进入她的身体，一边把舌头伸进她的嘴里。萨拉温柔地咬着泰奥的舌头。

泰奥无心恋战，也没有耐心抑制，而是直接射入了萨拉的体内。当他从女孩身上翻身下来时，他看到她脸上露出飘忽的微笑。

泰奥走到屋外，挨着马特松坐在台阶上，点上了烟斗。马特松递给他一瓶烈酒，他痛饮一口，做了个鬼脸。

"男人在酒后或淫后看上去都是一个德行。"马特松说道，他本想说点俏皮话，却无法掩饰声音中的那份紧张。

泰奥踉踉跄跄地跟在马特松身后。他眼前的身影衬托着房屋的轮廓，形成一个黑色的形状。几扇窗玻璃透出孤零零的微光，但那些亮光很快就屈从了夜晚黑暗的怀抱。

马特松在桥头止步。在卡塔亚诺卡，他对待泰奥像一个慈父对待一个尚未成年而需要生活历练的儿子。不过，在桥的另一头，房子是用石头砌成的，泰奥是个有身份的人，当马特松跟这位医生讲话时，总有脱帽行礼的冲动。

泰奥穿过大桥，转身回头看去。罢了，你们这些卡塔亚诺卡的娼妓和流浪汉，用你们那被啃过的指甲紧紧抓住这个尘世吧。

玛塔莱娜记

死亡的颜色是白色。在葬礼上，人们身穿黑色，那是活人穿的颜色。甚至亡者也身穿黑色，因为要给他穿上他生前所拥有的最好的衣服，但他的脸总是白色的。当灵魂离开一个人时，所剩的只有白色。

尤哈尼脸上的颜色正被慢慢抽离。最先溜走的是红色，那种血色。红色渐渐变黄，接着，黄色也消失了，留下灰色，而灰色现在正在逐渐褪成白色。

尤哈尼伸出一只手，一阵饥肠辘辘的响声从他那大张的嘴里发出，那是从身体深处发出的声音。他想说些什么，但玛丽亚把头转了过去，脸朝向窗外。窗格上满是冰花，龇牙咧嘴，似是在嘲弄夏日的草地。死亡之花。霜冻像杂草一样穿过窗框,沿着墙壁上的榫卯蔓延。最不堪的是门:雪从缝隙中挤进来,形成了一个框架,就像在小屋里弯曲着摆放的一具死尸。

玛丽亚俯身把怀中的尤霍放到长凳上,掖了掖毯子把孩子裹得更加严实。然后她穿过狭小的房间,弯腰靠近丈夫的脸。尤哈尼的脸颊皱缩了,满脸胡子拉碴,让人想起那可怜的被霜打过的幼苗。他的双眼像是无鱼的结了冰的湖面上的两个窟窿。他一息尚存,你可以从他跳动的胸部来判断,但已经气若游丝。

"主耶稣,玛丽亚……主耶稣……救救我……"

"你总是念念不忘主耶稣。"

玛丽亚回到房间的另一边,抱起尤霍。玛塔莱娜给蔫蔫的火苗添了些木柴。

玛丽亚倦怠地说道:"都添进去吧。"

"我们应该留下点儿,万一我们再也捡不到柴火了呢。"

"没有意义了。"

玛塔莱娜跪在父亲身边,摸着他那滚烫的额头。她试着摆正父亲身上的毯子,让它捂得更加严实。父亲抓住那孩子的手腕,设法挤出一丝笑容。

"乖孩子,给我拿点喝的。"

玛塔莱娜站起来,打算从炉子上的煮锅里取点水。

玛丽亚说:"结冰了。"

玛塔莱娜看了看煮锅,仅有的一点水已经在锅底结成冰了。她把煮锅转向亮处,把脸靠得稍微近些,从中看到了自己的影像。

玛丽亚说:"去弄点雪吧。"

"太阳出来了。"玛塔莱娜在门口驻足。

暴风雪暂时平息了。拨云见日,阳光将窗玻璃上的白霜染成了银色。房间里出现了一些生命的迹象,窗框在地板上画出了十字架的形状。玛塔莱娜回来走进屋内,手中捧着雪。她打算把雪放进锅里热开融化,但玛丽亚阻止了她。

"不值得那样做,直接把雪塞到你爸爸的嘴里吧。"

玛塔莱娜小心翼翼地把雪擦在她父亲干裂的嘴唇上。她慢慢地喂他,好像喂小孩子吃面包屑一样。尤哈尼的嘴里发出了呜呜声,如猫叫一般。

玛丽亚的目光在小屋里游荡。他们现在必须离开了,在暴风雪再次袭来之前。要是再晚一点,他们就赶不到下一户人家了——还不到柳树沟,他们就会倒下,葬身雪海。让她感到害怕的不是离去,而是不得不返回的想法。他们需要逃离这片悲惨的土地,越远越好。这里除了死亡,再无其他。

玛丽亚从尤霍的嘴角拔出一根秸秆。不久前,他们已经吃完了树皮面包。自从劳里·帕朱拉吃了用地衣做成的面包死了后,她就不敢再用地衣做面包了。那是在一年前的夏末,眼看就到了人们收割庄稼的时候了。农夫莱赫托说劳里·帕朱拉死于中毒。他在报纸上看到说,要想把地衣加到面粉里,就必须先正确地处理地衣。

"玛塔莱娜，我们得走了。"

"父亲怕是不行呢。"

"我们要舍下你父亲了。"

玛塔莱娜把脸贴在盖着尤哈尼肚子的毯子上，不停地抽泣。尤哈尼看着玛丽亚，想说点什么。玛丽亚起身走向他。她低下头，审视丈夫的面庞。

他到底想说什么？尤哈尼只是挣扎着发出了咕噜咕噜的声音。他抓住了玛丽亚的胳膊，玛丽亚没有试着把他甩开，而是狐疑地看着丈夫的眼睛。他是在求救吗？是在求怜悯吗？还是在催促她快点离开？他还清醒着吗？玛丽亚看了又看，但捉摸不透他的表情。

她把去教堂时戴的头巾[1]系在尤霍的耳朵上，在头顶包裹成围巾包。接着，把尤哈尼的皮帽戴在自己头上，把帽子转来转去，最后决定还是帽舌朝后好一点。

---

1. 按照教规，女士进入东正教教堂要蒙头。——译者

她叮嘱玛塔莱娜:"多穿点,把能找到的都穿在身上。"她自己则穿上了尤哈尼的黑色毛呢大衣,看上去像是丧服——尤哈尼身材高挑,他曾经个子很高。玛丽亚拿上尤哈尼的手套,把自己的那副手套给了玛塔莱娜,然后把玛塔莱娜的那副手套套在了尤霍手上戴着的手套外面。

玛塔莱娜说:"咱们得给父亲取些柴火。"

玛丽亚瞥了尤哈尼一眼,走到了屋外。阳光闯入她的鼻孔和眼睛,穿透她的衣服,直逼她的五脏六腑,刹那间填补了饥饿造成的空虚。

这个女人岔开双腿,让阳光揉搓身上的凉气。然后她沿着冰雪覆盖的小径吃力地走到牛棚,心想那里没准有可以当柴烧的东西。她没有进到牛棚里面,而是抓住了一块不太牢靠的门板条,瘦小枯干的身体用尽全力拉拽那块木板。门板松动时,一颗生锈的钉子发出刺耳的声音,玛丽亚仰翻倒地,还好厚厚的积雪没有让她伤着。

回到屋里,她把木板条靠在长凳上,一脚把它踩成两半。玛塔莱娜用她的手套抚摸着尤哈尼的手背。尤霍把头贴在父亲的额头上。那个男孩的姿势看上去又感人又好笑,而玛丽亚内心则充满了悲伤。她感到下巴在哆嗦,但她咳了一声,把眼泪洒进了火炉里。

玛塔莱娜领着弟弟走到门口。玛丽亚把最后一块麦秸面包放在尤哈尼手中。她给煮锅装满雪,然后把它放在床边丈夫触手可及的地方。

她低声细语道:"我也只能做这么多了。"

尤哈尼一手抓住玛丽亚的肩膀,试图坐起,但是枉然。他用尽力气咕哝了些什么,但没人听懂,随即又仰倒在床上。玛丽亚把尤哈尼的手从肩上拿下来,放在丈夫的胸前。她把嘴唇贴在尤哈尼的额头上,然后,出乎意料地,贴在他的嘴唇上,迟迟不肯挪开,最后一次与丈夫共呼吸。

来到屋外,玛丽亚突然想不通,柴火那么匮乏,他们为什么没有烧掉滑雪板,不过,她很庆幸他们没有那么做。一阵轻风吹起，把雪吹到灰色的原木房墙上。雪慢慢地飘过门槛，似是要到里面觅食。云移向太阳，但一掠而过，没有遮住太阳。

尤霍搂住母亲的脖子贴在她的背上，玛塔莱娜踏上滑雪板的尾部。滑雪杆比玛丽亚还高出一点。屋门大敞着，像尤哈尼大张的嘴巴。玛丽亚禁止玛塔莱娜回去将门关上。

"那样敞着更仁慈些。"

一股劲风沿着柳树沟席卷而来。

层层雪壁软化了沟渠陡峭的两岸。实际上，柳树已经被埋在雪堆之下，只有几根黑枯的树枝在令人窒息的白色雪毯中探头探脑。玛丽亚小心谨慎地沿着河岸顺滑。在滑雪板尾部，玛塔莱娜被绊倒了，摔了个狗啃地。她挣扎起身，结果又摔了个人仰马翻。玛丽亚不敢弯腰去扶起女儿，因为她害怕尤霍会掉下来。那男孩用胳膊搂着母亲的脖子，软绵绵地吊在母亲背上。

玛丽亚递给玛塔莱娜一根滑雪杆，让她撑着它站起来。

玛塔莱娜已经体力不支，状如散沙。玛丽亚想，如果是别的什么人，比如尤哈尼，你最好就用滑雪杆击打他的额头以示仁慈。玛塔莱娜站了起来，摇摇晃晃地回到滑雪板的尾部。

"又有一个捡回了条命，只为了遭受更多的痛苦。"玛丽亚脱口而出。

玛塔莱娜紧紧贴在母亲的身后，有那么一会儿，三个人站在暴风雪中的冰沟里，无法动弹。玛丽亚想着就这样放弃吧，倒在雪地里一了百了。接着，她强打精神，迫使自己向前。

她越想越生尤哈尼的气，他什么东西也不吃，把所有到手的食物全部给了她和孩子们。这样做太蠢了：男人应该照顾好自己，这样才能担起整个家庭的责任。她和孩子们就算少吃点也能活命，但现在，没有了尤哈尼，他们伫要怎么熬过科尔佩拉的寒冬啊。

尤哈尼之所以这样做并非出于慷慨，而是出于懦弱。

出了柳树沟不久，他们就望见了莱赫托瓦拉山。莱赫托家的小农场，就坐落在这座山的另一边。他们从山顶上看到，在地平线上，一座教堂塔楼在白茫茫的雪野中伸出，像柳树沟岸边的一根孤柳枝。

一个大木桶矗立在莱赫托小屋的堂屋中央。农夫莱赫托坐在桌旁，双手合十，疑惑不解地看着来客。

"那你们是要离开科尔佩拉去讨饭了？"

"我们只想借宿一夜，明早我们就动身。"

"尤哈尼还好吗？"

"他不中用了。"

莱赫托低头看向自己的双手，黯然泪下。他望向窗外，然后又看向壁炉里熊熊燃烧的炉火。他的妻子从卧室里出来，冲过去拥抱玛丽亚。孩子们怯怯地爬向木桶。

莱赫托说:"桶里面有焦油,所以家里不会有病——焦油可以防止疾病的发生。"

他的妻子开始给孩子们脱下外套。看到玛塔莱娜的面容,她惊叫了一声。

"天上的父啊!我这就去做些稀粥。"

农夫告诫不要暴饮暴食,饥饿的肚子一下子受不了。玛丽亚环顾着莱赫托家的堂屋,与他们科尔佩拉的家相比,一切看起来都干净整洁。燃烧的明火辐射出温暖舒适的光亮。

"就是说尤哈尼没精气神了?"

"他老早以前就没精气神了。他留在家中,奄奄一息。"

"你丢下他了?"

"他既不能动,也活不成了。我是不是应该替他做个了结?"

"人们说有的地方尸体都被吃掉了。"农夫的妻子也加入了谈话。

莱赫托嗔怒地瞪了她一眼。"妇人之言。"

"父亲不会被吃掉吧?"尤霍低声问

"当然不会。父亲会上天堂的。"

"要是有人进去吃了他怎么办?"

"那些都是老妇人唬人的故事。"莱赫托抚慰尤霍。

尤霍和玛塔莱娜吃完粥没过一会儿就在长凳上睡着了。莱赫托坐在摇椅上,看着火苗。玛丽亚凝视着窗外看向黑暗之中。在桌子的另一边,农夫的妻子凝视着玛丽亚。

莱赫托说:"年景不好,土豆就和蓝莓差不多大。"

他妻子问:"你们是有地方可去……是别处有亲戚吗?"

"我就是想去一个有面包的地方,哪怕没有别的。"

农夫叹了口气:"那你们恐怕要远行去到圣彼

得堡了。不过说不定那里也没有面包。"

农夫的妻子建议说："你可以留下一个孩子给我们养。不是说我们自己有多少面包，而是说添一张嘴对我们来说不算什么。那姑娘会帮上大忙的。"

"我不能舍下玛塔莱娜，"玛丽亚脱口而出，开始轻轻地抽泣，"没有玛塔莱娜，只剩我和尤霍，我不知道……不知道该……"她一边打着嗝一边说道。

农夫建议道："那就留下男孩吧"。

"尤霍？"

"我们可以想想，日后尤霍还可以继承科尔佩拉。或者，当然，你们可以回来。也不是说你们就一去不返了……"

"我想我们不会再回科尔佩拉了。"玛丽亚断言。

"睡觉时再想想吧。我们会好好照顾你儿子的。"莱赫托说。

农夫的妻子说，她确信玛丽亚和孩子们明年会在科尔佩拉一起过圣诞节的。玛丽亚从她夸张的热情中感觉到，莱赫托一家不相信他们能一路乞讨过活。她向这对夫妇道了晚安，走到门边的长凳前，侧身躺下。屋外，狂风呼啸，犹如饥饿的狼群。玛丽亚盯着房间中间的一桶焦油，睡意从中升起，将她吞没。

春天来了。尤哈尼把滑雪板上的焦油取下，装进木桶搬进小屋里烧掉了。他在长凳上熟睡。玛丽亚站在门阶上看着孩子们采花。玛塔莱娜穿着莱赫托妻子的黑寡妇丧服。尤霍脚上穿的靴子、头上戴的帽子都和那农夫的一模一样。忽然间，尤霍指向天空中飞翔的天鹅。

"快看，是父亲。"

不可能。玛丽亚抬头望去，意识到领头的天鹅确实是尤哈尼。她转身看向小屋。躺在长凳上的是尤霍，他正向母亲伸出一只手。尤霍的双眼像患了白内障般全是白的。他面如死灰。旋转的雪从木桶中升起。

玛丽亚扭头看向屋外。树上的叶子已经无影无踪，草正在枯萎。玛塔莱娜独自站在院子中间，用尤霍的声音说话。玛丽亚试图冲进小屋去救尤霍，但她到门的距离却不断拉长。玛丽亚感觉严冬从黑暗森林里发起猛攻，直逼他们的木屋，已经近在咫尺。

玛丽亚试着叫喊，但发不出声音。一阵大风从她嘴里吹出，将窗户蒙上了冰霜。突然，门开始呼啸。先是动物惊恐的尖叫，再后是用玛塔莱娜的声音高喊：

"母亲，母亲……！"

"母亲，母亲！"

玛塔莱娜摇醒了母亲。玛丽亚意识到自己是在莱赫托家，目光开始搜寻尤霍。他正坐在桌旁一勺一勺地喝着稀粥。玛丽亚惊魂未定，气喘吁吁，农夫的妻子急忙递给她一杯水。

玛丽亚咕咚咕咚地喝完水，心有余悸地说："我不会撇下我的孩子。"

女主人说："我那老头子正在套马。他最远会把你们带到教堂。"

她坐在玛丽亚旁边，怯怯地抚摸着这位来客的头发。

玛丽亚小声说："我做不到"。

农夫的妻子点了点头。

马的肋骨像人们祷告时双手合十的手指。马的嘶鸣声如老妇人声嘶力竭的抽泣。玛塔莱娜想，马已经瘦小枯干了，像父亲一样，但随后又摇了摇头。不，父亲很强壮，他用莱赫托家的马从森林里拉回了大树，尽管积雪深厚，在滑行中雪能盖到玛塔莱娜的脖子。但她没有沉下去，父亲把她从雪橇上举起，抱着她进了小屋。冬天不会光临此地。有一个婴儿在吊篮里睡着了，那吊篮就挂在从屋顶横梁垂下的绳子上，玛塔莱娜摇晃着婴儿，哼唱着

"图，图，图巴口，乌拉"。这首摇篮曲让她想起了乌拉。乌拉是莱赫托家先前的女主人，夏天她常常坐在台阶上像个老汉一样抽着烟斗。当玛塔莱娜和父亲一起来到莱赫托家时，那个老妇人总是一脸的惊讶，表示又到了开工的时间了。父亲会在她旁边坐下，两人会一起看着云彩在天空中漫游。她会说，它们是天国的羊，并允许玛塔莱娜到厨房里取糖吃。

但母亲总说，歌里的词是"鲁拉"，不是"乌拉"。

这匹马叫沃伊玛，当年是它拉车把那老妇人的棺材运到教堂的。玛塔莱娜和母亲目送他们离开了莱赫托家。母亲抱着尤霍，父亲驾着马车，莱赫托坐在他旁边哭泣。但玛塔莱娜想到的是天国的羊和那老主妇，她会坐在状如大山的岩石上，一边看牧羊群，一边吸着烟斗。

玛塔莱娜现在正望着阴沉沉、灰蒙蒙的天空——看不到羊的迹象。沃伊玛在十字路口停下。

在皑皑白雪中，这条路被压成了一条凹沟。篱笆桩如锋利的尖牙一样咄咄逼人。

莱赫托扭头瞥了一眼玛丽亚。

她摇摇头。"不去教堂。"

莱赫托勒住缰绳，沃伊玛开始把雪橇拉向邻近的村庄。玛塔莱娜意识到他们不会再回来了。眼泪温润了她的脸颊，但还没流到嘴角，就冻结了。

父亲不在了。

沃伊玛甩了甩鬃头，哼了一声。这匹马的头看起来比以前大好多，身体的其他部位都已经萎缩。然后，他们就只听到雪橇下面的嘎吱嘎吱声。

这个邻近的教区比他们自己的大，教堂也比他们的高。这条路到河岸是个缓缓的下坡，然后穿过一座木桥到达河对岸。教堂附近人满为患——显然都是乞丐。玛塔莱娜看到许多和她年龄相仿的孩子。从桥上望去，他们与墓碑融为一体，稍微近些再看，映入眼帘的是帽子和蒙着白色面孔的头巾。莱赫托把雪橇拐入一条沿着河岸铺开的道路，避开了教堂。

"我带你去教区长的住所。他们会知道你们下一步该怎么办,我不懂。"

"我们要去圣彼得堡。"玛丽亚悄声说道,与其说是对莱赫托说,不如说是自言自语。

"还是别想那么多了,都不知道能不能离开这里……"

一座宏伟的白色房子矗立在河岸边。玛塔莱娜猜测那应该是教区长的住所,虽然她以前从未来过这里。莱赫托向一个留山羊胡的男人挥了挥手。那人的眉毛像猫头鹰的眉毛,上面蒙着冰霜。那个老家伙回应莱赫托的问候时,玛塔莱娜特别想嘲笑起哄。突然,那人抓住了缰绳,勒住了马。

"你肯定不是要把乞丐拉到这里来吧,噢,不行,你休想。"

那老头瞪着一对猫头鹰的眼。玛塔莱娜的笑声凝固了。

"你们自己顾自己吧。我们这里的乞丐已经不少了,不必再从邻近的教区运来更多。还有源源不断的乞丐从四面八方涌来,北边的,东边的,西边的都有。我们把他们都送回了原处,那些不知从何处来的,我们就打发他们往前走——他们中的许多人来自遥远的地方。昨天,在去教区长住所的路上,一个带着小孩的女人冻死在街头。不能把他们带到这儿,噢,不行,你想都别想。"

"我来这儿是有事要处理,我不是来把什么人丢给你们的,见鬼。"莱赫托怒吼道。他气呼呼地吧嗒吧嗒嘴唇,赶着沃伊玛向前迈步,那个"猫头鹰"松开了缰绳。

马没有拐弯去教区长住所的路,而是继续沿着河边向前走。莱赫托一直沉默不语,只是偶尔气愤地吆喝着牲口,时不时地拍打沃伊玛。那马的步子越来越沉重,但它并没有加快速度。河流逐渐开阔,形成一个湖泊,一个半岛横亘其中。半岛中央有一座庄园,比教区长住所还要壮观,路的尽头是庄园的前花园。这是维克伦德庄园。一个雇工模样的男人站在外面。莱赫托向他致意，男人若无其事地回应一下，然后吼叫道，乞丐禁止入内。莱赫托大步越过他走上台阶。玛塔莱娜紧随其后，但当她意识到母亲和尤霍仍站在雪橇旁时，她转过身来。雇工也随着莱赫托进入门内不见了。

过了一会儿，一个年轻的女子打开了门，招手让玛丽亚和孩子们进屋。

房间宽敞明亮，桌子上铺着一块白色台布。维克伦德老先生坐在摇椅上，抽着瓷质烟斗。玛塔莱娜看着那男人浓密的鬓角。他的一只眼睛患有白内障，那让她感到毛骨悚然，好像这位农场主的眼睛里存有冰霜。她必须小心避免看那只白霜眼：里面的寒气可能会突然爆发，将一个过分好奇的孩子裹在它的褟褓中，永远囚禁在那里。

但那庄园主的微笑很温和，他那只没有毛病的眼睛看着玛塔莱娜，也很和善。那只白霜眼越过她，凝视着远处的某个地方。

"客人们可以脱掉外套了。艾拉会在桌上摆些吃的。"

艾拉就是那个让玛丽亚和孩子们进屋的女子，她行了个屈膝礼，面带亲切的微笑瞅了瞅玛塔莱娜，穿过了大大的房间。

玛塔莱娜蹑手蹑脚地走向一面镶着镀金框的镜子。镜中映出一个一模一样的房间，玛塔莱娜看着镜子中的自己，眼睛周围有黑眼圈，嘴角有深深的线条。镜中的玛塔莱娜就像一个小老太太，这逗乐了看着镜子的玛塔莱娜。她对着自己的镜像低语道："我是个小孩，你是个老妪。"

然后她在镜子里看到艾拉，那女佣手里端着一个大大的白色汤盘。

维克伦德老先生对莱赫托说："虽然我们是本教区最阔绰的家族之一，但我们也是食物紧缺。由于供不起那么多张嘴吃饭，我们不得不辞退一些用人。"

玛塔莱娜用指尖抚摸着那瓷质汤盘。它白亮如雪，但是暖乎乎的。汤盘最美之处是那花瓣镶着金边的粉红玫瑰。她的手指在凸起的玫瑰花上移动，那是一颗鲜活的、跳动的心在雪中绽放，傲然倔强地抗击着严冬。艾拉掀开汤盘的盖子，一团蒸气慢慢升腾。玛塔莱娜面前放着一只瓷碗，碗上的玫瑰花与汤盘上的玫瑰花一模一样。艾拉用勺子给她往碗里盛浓汤。玛塔莱娜依稀能辨认出那玫瑰花。

清晨，莱赫托递给维克伦德一张钞票，匆匆地向玛丽亚道别，他拍了拍尤霍和玛塔莱娜的头，然后迈步走到了屋外。玛塔莱娜透过窗户望着莱赫托走出院子，然后乘着雪橇沿着狭窄的道路离开了半岛，转向河岸，慢慢地、慢慢地消失在景色中，随着沃伊玛的快步小跑，一点点缩小、缩小，似是在逃离他们。艾拉把玛塔莱娜抱在怀里，而那小姑娘希望他们能留在庄园里。

每当吃饭的时候，她总是对那粉色花朵百看不厌。看着那玫瑰花，她会想起父亲。父亲为他们感到高兴，但父亲不会来维克伦德庄园，他正高坐在云端。每当夏天下雨时,她望着窗外,看见雨水从窗玻璃上滴下,她就会知道那是父亲喜悦的泪水落在地上。

但是艾拉把玛塔莱娜放在了门旁,挨着尤霍,用披肩把小姑娘的头裹得严实。玛塔莱娜明白他们现在必须离开了。

那个昨天不想让他们进屋的雇工从门口进来。他没好气地摔打他的两只手套,尽管手套上并没有雪。他依次凝神看向玛丽亚、玛塔莱娜和尤霍有好一会儿。他的眼睛流露出冷冷的蔑视。玛塔莱娜不敢跟他对视,玛丽亚也不敢,而是盯着地板。只有尤霍迎住那男人的目光。那男孩的凝视有些茫然,那股怒气反弹回去,失去了劲头。那人被迫投降,他的眼睛在大厅天花板那看不到尽头的木板上游离。艾拉从厨房里走回来,递给玛丽亚两个面包。你一眼就能看出面包里没有掺树皮。

积雪堵塞了道路,马蹄深陷雪中。玛塔莱娜把手伸到雪橇边上，扎起一捧雪。雪在她嘴中融化，仿佛那是她舌头上的春天。她的舌头是雪地里冒出来的一块粗糙的田地，还结着冰。玛塔莱娜递给尤霍一些雪。玛丽亚也捧了一把。

那雇工侧头声明："要是你们摔下去，别怪我不停下来。"

玛丽亚没有接着吃雪，但过了一会儿，玛塔莱娜又伸手从边上去够雪，这次手伸得更长，并非出于必要，而像是在挑衅。玛丽亚抓住了女儿外套的下摆。

那雇工目不转睛地盯着雪堆，雪堆在他们面前被冲开时，旅程也就结束了。终于，他们到达了一家客栈。放眼看去，周遭并没有其他房屋。那雇工从他的驾座上转过身来，一把撕开玛丽亚的冬衣，从她胸前抢走了维克伦德给她的面包。

"挨饿的人不止你们，没有主人给他们买面包。他们比你们更有权吃这些面包。"

他把其中一个面包掰成两半，把其中的一半甩到了玛丽亚的大腿上，从驾座上跳下来，走进了客栈。

当玛丽亚和孩子们进来的时候，雇工正和店主聊着一船粮食的事情。他侧头扫视一下，看向他们，好像以前从来没见过他们一样。

"一帮盲流，非本地货色。"

店主对雇工说："让他们先去待客室吧。"

玛丽亚和玛塔莱娜一觉醒来，维克伦德的雇工已经不见踪影。玛丽亚抱着熟睡的尤霍来到了室外。

玛丽亚哀叹道："要是我们还带着滑雪板就好了。"

院子里还有另外两架雪橇。前天晚上，有个少年用其中一架雪橇把一位牧师带到了客栈。那少年此刻还在待客室睡觉。客栈的马夫正在给另一架雪橇套马。

玛丽亚问道："您这是要去哪儿？"

马夫不答话,也不听,他只是从马头下看着对面的小灌木丛。玛丽亚盯着那个男人的后背看了良久。就在她终于移开目光时,那男人转过身来。

"北方。由于那是个神职人员,我不能让乞丐搭车。客栈老板不会答应。"

马夫的脸上依次掠过一丝怜悯和内疚。

玛丽亚应声道:"我们不去北方,我们就是从那边过来的。"

"那你们应该朝另一个方向走。我去踹那小子一脚,把他叫醒。他可以沿着这条路远远地接上你们,那样不会让店家看到。你们要设法在那小子出发前消失在视线之外。"

正在这当儿,门开了,教区牧师穿着厚厚的毛皮大衣,在店家的陪同下走进了院子。玛塔莱娜觉得很好笑——牧师的皮帽看上去像蓬松的蒲公英花朵,但不是白色的,而是棕黄色的。如果你吹一下,那些小绒毛就会飞走,飘过雪堆,而牧师的头上就只剩下一个蒲公英茬。绒毛会落在客栈外面,到了夏天，那些头顶黄色花朵的牧师会长满院子的各个角落，在微风中摇曳。

但玛塔莱娜不敢吹气，拐角处呼啸而过的风也没能把牧师帽子上的羽绒吹跑。

店家冲着玛丽亚吼了一声："好啦！"

那是逐客令。玛丽亚把尤霍放在地上，牵着两个孩子的手，开始沿着雪地上的小路走去。

牧师哀叹一声："哎，这样的时代，这样的人民。上帝是要怎样考验他们的信仰呀。"

他们走啊走，走了很久很久。短暂的白昼即将结束，却看不到那少年或雪橇的迹象。玛塔莱娜走在母亲的身后，踩着她的脚印，紧紧地抓住她的外套来抵御暴风雪的侵袭。她没有听到肚子咕隆咕隆的叫声，但她感觉到了。

饥饿是"柳树劳里"装进麻袋的小猫咪，猫咪用小爪子去抓挠麻袋想要出去，造成剧烈的疼痛。但它不停地抓挠，因而疼痛也不曾间断，直到猫咪筋疲力尽，掉到麻袋底部，在那里左思右想，然后鼓足力气，开始新一轮的挣扎。你想把那小动物拎出来，但它抓挠得很凶，你不敢伸手进去。你别无选择，只能把麻袋扛到湖边，扔进冰窟窿里。

玛塔莱娜撞到了玛丽亚的后背。母亲已经止步。四周，厚厚的大雪压弯了云杉的枝叶。

玛丽亚有气无力地说道："这就是路的尽头了。"但玛塔莱娜听到身后路上有马的嘶鸣声，她拽了拽母亲的袖子。玛丽亚放下尤霍，对那少年招手，但他架着雪橇扫了她一眼，径直向前，没有停下。玛丽亚双膝发软跪了下去，栽倒在雪堆里。她的身体忽悠忽悠颤抖，抽泣声随着她的呼吸断断续续。

玛塔莱娜想把她母亲拉起来。

玛塔莱娜说："他在那边的转弯处停下来了。"

玛丽亚站起来，看见了雪橇。那少年继续凝视着前面行进的方向。玛丽亚抱起尤霍，鼓足全身力气，开始大步朝雪橇奔去。

他们爬上雪橇后，少年侧头瞥了他们一眼。他的一只眼睛和维克伦德庄园那老农场主的一模一样。少年一言不发，只是咂了咂嘴吆喝马前行。

雪橇的移动不久就把尤霍送入了梦乡。暴风雪已经停止，就好像一阵疾风原本拔地而起，现在又把雪重新拽到地上，铺成一条毯子。长庚星照亮了夜空，一条灰色的披巾遮住了月亮的碎片。

他们在一个废弃的小木屋里醒来，前天晚上客栈的少年伙计把他们带到了这儿。他跟他们说，走半小时就能看到一个湖，湖的那边有座房子。

穿过那个湖要走一条冰路。而这里也不是没下过雪。玛塔莱娜每走一步都会陷进雪中，雪厚厚的几乎齐到她的腰身，不过她尽量一步一步地踏着母亲的脚印。在雪堆里跋涉非常吃力。玛塔莱娜闭上眼睛，想起了父亲，想起了他们最后一次在当地湖上的同船之行。

父亲神色镇静，一脸的庄重，就像他划船载

着"柳树劳里"的棺材去教堂时一样。玛塔莱娜觉得父亲用稳健的姿势,划动那艘沉甸甸的船穿过湖面时很潇洒,但突然强风劲起,差点刮跑父亲的帽子,他于是再次拉低帽子,耳朵都弯到了帽檐下面。大风企图吹偏船的航向,父亲不得不奋力挣扎让船保持航向,表情非常庄严。

劳里·帕朱拉的棺材很小。他们是怎么把那大块头的男人塞进去的?他是不是蜷缩着躺在那里,就像玛塔莱娜自己在寒冷的夜晚睡觉时那样?母亲解释说,人死后会抽缩。有些东西会离他们而去,但即使是母亲也不知道那是不是灵魂。又或者,就算是灵魂,也不知道灵魂是像锅里沸水冒出的蒸汽一样飘散,还是向下流出一种黏稠的黑色液体。

也许不同的人有不同的灵魂。

玛塔莱娜想起了"木炭卡勒",有人发现他死在自己的小木屋里。人们从不靠近那间小屋,除了与卡勒沾亲带故的玛塔莱娜的母亲和鞋匠鲁佩。正是鞋匠发现了卡勒的尸体,把母亲唤了过去。她是带着玛塔莱娜一起去的,现在玛塔莱娜回忆起那死亡的气味仍然胆战。卡勒身下有个黑水坑。鲁佩说,那不是血,而是从尸体里渗出的水。

劳里·帕朱拉死后没有留下水坑,不过人们说他的嘴巴是黑的。父亲说那是中毒所致,但玛塔莱娜想知道灵魂是否能从嘴里逃走,并把那黑色留下。

鲁佩说人体内没有灵魂,只有血液和黑水,它们在周身流淌直至耗干,之后人就收缩枯干。两种液体参与人体的构成:男人之水和女人之水。玛塔莱娜问那是怎么回事,鲁佩解释说,男人把自己的液体喷射进女人的液体中,这样来创造一个新的人。但是母亲禁止鲁佩在一个小孩子面前说这样的话。不过,玛塔莱娜还是心存疑惑:谁来提供血液?谁来提供黑色液体?然后她又和父亲坐在船上,当她回过神来时,她已经到了湖对面。

母亲在前面喘着粗气说:"房子一定是在山的

那一边。"

玛塔莱娜回头望去，没有父亲的影子，只有开阔的湖面，皑皑白雪覆在上面，父亲已经划船隐去，进入了茫茫白色。

突然间，太阳从云幔后面落到了地平线上。直到此时，玛塔莱娜才望见房子和外围建筑，由于晚霞赶走了暴风雪，房子和外围建筑红彤彤的似在燃烧。尤霍从玛丽亚的怀里掉了下来，坐在雪堆里不动。玛塔莱娜去拉他起来，弟弟站起来了，与此同时玛塔莱娜却摔倒了。

玛丽亚盯着灰色谷仓墙上大张的、饥饿的嘴巴。

"梭子鱼头。"她最后才意识到那是什么东西。

粘在头骨上的雪雕刻出了奇怪的表情，夕阳的余晖让梭子鱼的眼窝发出诡异的光芒。玛塔莱娜看见一个黑影正在靠近。与此同时，整个世界都变成了红色。

小水滴从她嘴角两边流进去，玛塔莱娜恢复了知觉。她感到一只温暖的手扶着她的后颈。天花板上的灰木板在她头顶上颤悠了一会儿，然后静了下来。一个女人瘦削的脸庞映入眼帘。玛塔莱娜转过头，看见母亲和尤霍坐在门边的长凳上。

"给这些要饭的熬点粥，稀粥就行。"男人的声音。

"我们肯定能找到一点正儿八经的食物，至少给孩子们找点。他们看起来饿得不成样子了。"女人说。

玛丽亚小声说："有粥就行，稀粥也好。"

"现在人人看起来都面黄肌瘦。除了在布道坛上，你最后一次见到骨头上有肉是什么时候？"

女人反驳道："这种时候还说这样的话，我都替你脸红。你上次去教堂是什么时候？"

她从煮锅里把稀粥舀到一个木碗中。尤霍早已坐在桌边，开始狼吞虎咽地喝那灰不溜秋的稀粥。

玛塔莱娜依次等候。尤霍吃完就轮到她了,她得到了她的那份,用的是尤霍刚刚用过的碗。尤霍都在墙边的长凳上睡着了,她还在吃个不停。

男人开口道:"要饭的可以留下过夜。在瓦尔耶尔维没有夜间把人赶走的习惯,尤其是妇女和儿童。但明早你们就得离开。我会用雪橇载你们到教堂,到时候我去看看公共筒仓里还有没有应急供应的面粉。"

玛丽亚点头答应。女人把碗递给她。玛丽亚接过碗,还没等那女人把勺子给她,她就把碗里的稀粥吸溜干净了。然后她倒头就睡了。尤哈尼在呼唤她。

尤哈尼是一只鸟,一只潜鸟。那是夏天、秋天、春天,是所有无雪的季节。玛丽亚在松树林里漫步。她看见一个池塘,在树林间泛着波光。水黑但亮。即便如此,玛丽亚还是找不到走出树林的路。一棵棵新树不断在她面前冒出,她还得试着避开它们。最后,她意识到自己走错了方向。

她认不出这片树林,但她知道那个池塘。尤哈尼几年前带她来过。她听到尤哈尼在呼唤:呜——呜喂,呜——呜喂,呜——呜喂。

玛丽亚设法朝着声音走去,但是声音在荒野中回荡,让她辨不明方向。不一会儿,尤哈尼飞走了,留下她孤身一人和那被遗弃的池塘。如果尤哈尼离去了,那孩子们就不会出生了。

突然,池塘的黑水在遥远的前方闪烁,遥不可及。玛丽亚开始向前跑去,眼睛牢牢盯着池塘。但是有那么片刻,落日晃瞎了她的眼睛,之后她就看不见那黑水了。尤哈尼的呼唤来自远方,来自另一个方向。呜——呜喂,呜——呜喂。

玛丽亚呆住了。她听见前面死去的孩子们的鬼魂在哭天喊地。凛冬将至。寒冷正在逼近,已经开始在梭子鱼头骨中扭曲转动、焦躁愤怒。不久梭子鱼就会张开大口。呜——呜喂的叫声已经远去,很远很远。

玛塔莱娜最先醒来,但她躺在长凳上没有起身。她环顾四周,房间里的东西都颠倒了。有门的那面墙现在变成了地板,地板和天花板变成了墙,火炉在天花板上。

"你给我记好了,只给要饭的粥喝,稀粥。"那男人说。

玛塔莱娜悄悄地乐了。那男人和女人都是苍蝇,夏日的时候会落在墙上。她坐了起来,房间恢复到了正常的位置。那男人和女人转过身来看着她。

"可怜的孩子。"女人叹了口气说道。

男人过来坐在玛塔莱娜旁边。

男人开口说:"我叫雷特里基,我妻子叫希尔塔。我们现在无儿无女,孩子们几年前就死了,在这些荒年之前。但我们不能留你们在这里吃。不久,新一拨的乞丐就会来,那些没有面包的人都在到处讨饭。其实别处也找不到吃的,无论你们想去的是什么地方。你们追逐的不过是水中月、镜中花。但你们也别无他法。"

玛塔莱娜点点头。雷特里基抚摸着她的头发。一绺绺头发脱落，粘在那男人的手套上。

雷特里基站起来，说他要去套雪橇。

希尔塔说："孩子，别理那老怪物，我们会给你找点吃的。"

"我叫玛塔莱娜。"

"名字很好听，是教名，很好。"

希尔塔用昨晚的木碗又盛满了粥，这次的稍微浓些，糊糊状的。希尔塔还取来了半块树皮面包和一些干梭子鱼，把干梭子鱼搅在粥里。

"吃吧，孩子。"

玛塔莱娜开始吃，她狼吞虎咽地吃着那糊糊粥，省得雷特里基进屋把碗端走。女人递给她稀稀的牛奶，好让她快速咽下面包。希尔塔又盛了一碗粥。看见雷特里基回到屋内，希尔塔从玛塔莱娜手里抢走了空碗。女孩对希尔塔微笑，眼中噙满泪水。

哐当的关门声惊醒了尤霍和玛丽亚。希尔塔给他们也做了些稀粥。她把树皮面包掰成小块递给三个来客。然后她瞥了一眼雷特里基,把小片的干梭子鱼递给他们。雷特里基一直没有作声。

尤霍把一小片梭子鱼放进嘴里,又用手指抠出来,看了一下,把那口食物放回到舌头上,过了一会儿,又取出,紧紧攥在手心里。雷特里基观察着男孩的滑稽举动,笑出了声。

"你们就要上路了。你们究竟要去哪儿?"

"圣彼得堡。"

去圣彼得堡。玛丽亚无法想象在沙皇所在的城市会挨饿。圣彼得堡有的是面包,人人都有份,而且面包里没有树皮和地衣,更不用说麦秸了。但去圣彼得堡的路长途万里,不是过了下一座山,甚至不是过了下一个村庄就能到的,它在很遥远的地方,在俄罗斯。

"你们要怎么才能到圣彼得堡呢?"雷特里基

叹息道。

玛丽亚透过冰花向窗外望去，太阳在雪团中闪闪发光。同样的太阳也该照耀着圣彼得堡沙皇的宫殿吧。

玛丽亚表示："我们先去赫尔辛基，过了赫尔辛基就是圣彼得堡。"

玛塔莱娜默默地注视着前方，她觉得肚子很痛。刚开始痛得像针扎一样，但不久就感觉像一只愤怒的猫在抓挠，抓挠，把它的牙齿嵌进了她的心窝里。猫爪在肚子里刺透她的肋骨，那动物残忍地撕咬她，让她感觉撕心裂肺的痛。猫抬起它那肮脏的尾巴，从她嘴里钻出，带着血淋淋的糊状物。一阵狂暴的飓风吹进她的脑袋，击中她的双眼，让她一个劲儿翻着白眼。

玛塔莱娜瘫倒在地上。

玛丽亚的嘴中传出一声动物的呐喊，先是压抑的，然后慢慢地集聚了力量。雷特里基是第一个回过味来的。他把玛塔莱娜从地板上抬起,把她抱到卧室,让她躺下。

玛丽亚使劲抱紧尤霍,弄得那孩子险些喘不过气来。雷特里基翻了翻玛塔莱娜的眼皮,然后把耳朵贴在女孩的嘴上。

"她还活着,还活着。可能活不了太久了——我说不好。看在上帝的分上,赶快弄点水来!"

希尔塔往杯子里倒满水,踮着脚轻轻地走进卧室。玛丽亚坐在前门的长凳上,瑟瑟发抖,尤霍坐在她腿上。玛丽亚两眼茫然地望着另一个房间,看到了玛塔莱娜煞白的脸。尤霍带着惊恐,好奇地盯着姐姐。玛丽亚听到农夫和他妻子的悄声细语。

"她得病了?"

"不大会。她只是饿坏了,肠胃连稀粥都吸收不了了。"

"要不要我带她去看看医生?他能救这孩子吗?"

雷特里基走出卧室,站在玛丽亚面前,若有所思。玛丽亚看着站在她面前的男人，仿佛自己是个罪人，而他则是站在天国门口的圣彼得。

"你们暂时走不了了。我不敢让那姑娘坐雪橇，她撑不住的……我会设法请村子里的医生来看看。不过他很忙，可能无暇越过山来给一个要饭的看病。来回要花点时间，不知她能不能挺那么久。"

希尔塔怒斥道："快去吧，别净说丧气话。"

"说好听的也没用，这是明摆着的事。"

雷特里基出去时砰地随手关上了门。玛丽亚用寻求希望的目光看着希尔塔，哪怕能找到一丁点希望也好。希尔塔盯着挂在门上的镰刀，直到她听到外面雪橇出发的声音。

希尔塔说："她不会有事的，只是胃痉挛……她虽然清瘦，但她是个坚强的姑娘。"

可希尔塔的声音颤颤巍巍的，最后一线希望也从玛丽亚身上飞走了。玛丽亚把尤霍从腿上放下，走到玛塔莱娜躺着的床边。希尔塔跟在玛丽亚身后，然后从床头柜上端起那杯水，抬起玛塔莱娜的头，小心地往女孩的嘴里倒。玛塔莱娜咳了一下，水喷到了她的前面。玛丽亚坐在床边，让希尔塔拿来一块湿布，她用湿布轻轻地擦女儿的脸。

终于，玛塔莱娜有了知觉，可以喝一点水了。但水没有咽下去，她一口吐到了床边，接着又不省人事了。

傍晚，天色擦黑了。玛塔莱娜恢复了意识。这次，她甚至试着说话，她看着母亲，微微一笑。

"父亲送来了好多鹄鸭蛋。他说是给我的小天鹅的。"玛塔莱娜笑出了声。

玛丽亚意识到，这种笑声来自很远的地方，她感到彻骨的凉气。她明白了是怎么回事，但是不愿去那么想。

正在此时，门开了。希尔塔跳了起来，冲去迎接来客。雷特里基在卧室门口踱步，来客伯格医生俯身看着玛塔莱娜。

"父亲……父亲……父亲……"玛塔莱娜上气

不接下气。

接着,她眼中闪现了最后一点点光。

伯格医生合上了玛塔莱娜的双眼。他看上去很疲惫。玛丽亚想,他和玛塔莱娜一样病得苍白。伯格医生把手放在玛丽亚的肩膀上,她向后缩了一下。

"……也许她去了一个更好的地方。"玛丽亚听到伯格医生柔声说。

一股寒意从她肚子里蔓延到全身,变成了悲痛,将里面的一切一扫而光,饥饿、寒冷、疲劳统统被搁置一旁。一种沉重的空虚充斥着她那空洞的身体,里面再也容不下其他任何东西了。那是一个沼泽池塘,满是黑压压、死气沉沉的水。一只鹊鸭在她眼前游来游去,它变成了一只毛茸茸的黑凫,想要迎空飞起。接着,一阵雪虐风饕冻结了一切,空虚成为主宰,那鸟儿消失了。暴风雪过后,尽是白色,尽是死亡。玛丽亚站起来,走向长凳上熟睡的尤霍。她把男孩的头抬起放到她腿上,恍恍惚惚地睡着了。

清晨,天色灰沉沉的。雷特里基、伯格医生和玛丽亚拖着沉重的脚步穿过院子来到桑拿房,玛塔莱娜独自躺在里面的一条长凳上。大风试图把玛丽亚头上她丈夫尤哈尼的那顶帽子掀飞。接着,雷特里基走了进去。

伯格医生在门口停下了。玛丽亚看了看他的外套,松松垮垮的。伯格医生面容憔悴,但从他的衣服可以看出,他一度要壮实得多,这个人的体重已经明显下降。玛丽亚想,原来绅士们也挨饿。这种想法只给了她短暂的安慰,因为她突然意识到,如果绅士们都没有面包吃,穷人怎么可能有充足的面包呢?

伯格医生靠边一站,玛丽亚看到了玛塔莱娜,面包和饥饿的念头顿时消失了。她向后退了一步,一失足,摔倒在雪地里。伯格医生伸手扶她。那人脸色蜡黄,就跟他们离开前尤哈尼的脸色一模一样。

玛塔莱娜的尸体被抬进了雪橇里。医生和雷特里基坐在前面,玛丽亚和尤霍紧挨着玛塔莱娜。雷特里基咂咂嘴唇一吆喝,猛拉缰绳,马突然开始迈步。希尔塔依旧站在台阶上,她没有挥手告别。她拨了拨披肩,把它紧紧地裹在头上。玛丽亚和希尔塔凝望着对方,直到雪橇从斜坡上滑下来,房子从视野中消失。

整个旅程中,太阳一直都躲在灰幔之后。他们来到了一块空地。周边,银装素裹的树木投射出一条灰色的阴影,仿佛是生者和死者之间的界限。玛丽亚不再相信这条界限。阴影一点一点褪去,直到它不再把白色荒野控制在其边界之内,生死两个世界合二为一。

一座东倒西歪的灰色木质建筑矗立在田野中央,不断地被风诱惑着要飞走。雷特里基把雪橇引向谷仓,玛丽亚看到,远远地在森林边缘,有几座荒废的民居。

雷特里基走下雪橇，打开了谷仓的门。玛丽亚看到有人睡在里面。她正要对眼前的景象发出惊叹，雷特里基告诉她，要把玛塔莱娜留在这里。

"这里还有其他人等着被埋葬。"

伯格医生转头去看玛丽亚，并承诺时机到来时会确保她女儿得到一个体面的葬礼。

"她会被扔进万人坑的。"玛丽亚喊道。

"毫无疑问。"伯格医生也承认。

"十字架上连名字都不会有。"

伯格医生和雷特里基用木板把玛塔莱娜抬进了谷仓。玛丽亚不愿意从雪橇上下来。

尤霍问："玛塔莱娜要去哪儿啊？"

玛丽亚答道："去找你父亲。"

尤霍说："我也想去谷仓，去找父亲。"

玛丽亚轻轻地把手按在尤霍的嘴上。

"玛塔莱娜去找父亲了。尤霍留下来陪母亲，不然母亲就孤身一人了。"

雷特里基和伯格医生从谷仓出来回到雪橇上，随即他们就上路了。

玛丽亚呆呆地望着逐渐缩小的谷仓。她想着女儿就那样躺在木板上了。她没有哭，悲伤被隐藏了起来，被隐藏在鹊鸭的蛋里，玛丽亚找不到那枚鸟蛋。雪飘散在田野里，抑或飘散在她心里。

过了一会儿，雪橇停了下来。伯格医生对玛丽亚说了些什么，握了握她的手。玛丽亚点了点头。直到雪橇猛然重新移动，玛丽亚才注意到医生已经在一个小庄园外下车了。

从医生家出来的路一直下坡进入了另一个村庄。雷特里基驾着雪橇前往教堂，在教堂前面停下。

"我就把你们撂在这儿了。剩下的路要你们自己走了。我不信你们能坚持到圣彼得堡。你们最好从哪儿来回哪儿去。"雷特里基絮叨完之后，做了短暂的告别，吆喝着驾着他的牲口走了。

玛丽亚望着教堂的塔尖，像一根纤细的、无力的手指指向天空谴责着。然后她拉着尤霍的手，举步维艰地走在路上。她在最后一栋房子前停了下来。她不知道村子的名字，不知道自己身在何处，也不知玛塔莱娜在哪里。她把她的女儿带到了一个完全无名的地方，她的名字甚至没有被记录在生命册上。

玛丽亚盯着前面荒芜的道路，把尤霍紧紧地贴在胸前。一群乞丐从他们身边走过，她和尤霍排在了队伍的末尾。

参议员

他们是今冬的幽灵，是寒风在冰冷的大海上敲打出的雪雕。粮船没有来，凛冬来了，就在一夜之间，没有任何预兆。

"不必质疑我的良心。我知道那些被风纠集在一起的幽灵是谁。我也曾埋葬过一个孩子。"

这样回应的时候，参议员感到脸上有一股冰冷的气息。

他昨天花了整整一天的时间翻阅《圣经》，读约瑟的预言，读那段七只干瘦母牛和七只肥母牛的故事。农作物歉收已经好几个年头了，但是地平线上仍然没有肥母牛的踪迹。他曾经常常谈论的芬兰富饶的森林是否白费口舌？难道这些人除了会剥光树皮填充面包，就一无是处吗？

必须有人把眼光放得更远一些，要看到地平线之外，看穿那些惨白的幽灵。归根结底，民以食为天。如果真有什么人明白这个道理，那非他莫属。他已经制成了酵母，尺寸形状如一枚铜币，即使快要饿死也不能吃掉。因为一旦失去它，就再也没有了。他的任务是确保酵母能传给后代，这样他们就不会一直依赖外国面包了。

这个国家此刻的命运如此不济，再经受不起任何错误的决策。有一些贵族绅士，对成群结队的乞丐感到诚惶诚恐，生怕他们扰乱了自己舒适的小日子。他们像狗想咬到尾巴一样乱转，要求政府沿街施舍钱财和食物，好让所有盲流中的穷鬼安心下来，返回各自的家园。

此外，还有一些支吾先生，无论他说什么他们都点头哈腰表示同意，他们的脑袋只是摆设。他不得不替他们想出点子。

雪中那些如行尸走肉般行进的队伍突然不见了。参议员望着卡塔亚诺卡，这是他的桑波神器[1]——他的神奇财富来源所在。这里是一个聚宝盆，不过此刻它仍被那些悲惨的棚屋包围着，扼杀着对未来财富的梦想。

参议员闭上双眼，想象有那么一天卡塔亚诺卡沉入海浪之中，之后被海水冲刷得干干净净，渐渐浮出水面，上面是赫然耸立的石砌房屋。

---

1. Sampo 或 Sammas（萨姆马斯），在芬兰神话中，是由伊尔马里宁（Ilmarinen）制造的一种魔法神器，能给持有者带来好运。——译者

1867年12月

这里长眠的是约翰·伯格医生。

一块块冻土咚咚咚地砸在棺材盖上。地平线上，一道淡红色的光束正向空中沉重的乌云挑起一场无望的战争，以保卫亡者的灵魂。最后，它耗尽了力气，巨大的云层裹挟了太阳最后一丝光芒。送葬者脸上的阴影越来越暗。

马蒂亚斯·霍格福斯说："我敢说，掘墓人一定是被诅咒了才会来挖了这个坑。"

泰奥应声道："我只希望那棺材板能顶得住。"

掘墓者停下来喘口气歇息。前来吊唁的人们身穿黑色丧服，一动不动地站在墓边。此时他们转身，开始向墓地大门移动。只有一个小女人，因无比悲痛而佝偻着身体，站在他们身后不远处的地方。牧师走近那女人，用手轻轻支起她的胳膊肘扶着她。

霍格福斯用铁锹又铲了些土，但扬起铁铲时一块巨石压翻了铲面，土散落一地，没有填到墓中。

霍格福斯长叹一声，说道："算了，就这样吧。"

他把铁锹插在墓旁的土中。但铁锹没有竖稳，倒在结了冰的地面上，发出了如同玻璃破碎的声响。

泰奥从土堆里捡起最后一大块冻土，扔到了墓坑里。

钟楼的底部有三个铁十字架，如同各各他[1]的十字架一样，只不过上面并没有受难者。泰奥的视线移向塔顶，仿佛在确认耶稣和那两个强盗是不是爬到上面躲藏了起来。

"泰奥，你信上帝吗？"

---

1. Golgotha，又称髑髅地，位于耶路撒冷西北郊，根据《新约》四福音书记载，为耶稣受难之地。——译者

"不信，我不信这种苦难和不幸有任何意义，如果你想问的是这个意思的话。"

马蒂亚斯·霍格福斯让泰奥想想约伯[1]。

泰奥开始思绪万千。他想到了所有那些在冰天雪地中行将就木、衣衫褴褛的穷人。他想到了约翰·伯格医生，他就躺在上面落满石头的棺材里。然后他想到了约伯的妻子和儿女：上帝让他们死去，好让约伯的信仰更加忠贞不渝。

"我想到了所有的人。那些约翰试图拯救却徒劳无益的生命。但马蒂亚斯，我苦思冥想的还是约伯，好让他不会被人彻底忘记。"

"如果说这种苦难是一种考验，那么要考验的到底是谁？谁会因这些人的苦难而成圣？谁是约伯？那些乞丐吗？不是，上帝庇佑约伯，受苦受难的只是亲近他的人。"

"马蒂亚斯，你把约伯与这些人相提并论？这

---

[1] Job,《圣经》中人物，参见《约伯记》。——译者

些饿死鬼是什么样的，就像我们作的打油诗里说：一半树皮做面包，邻家谷物被霜咬。你吃过树皮面包吗？我反正没吃过。马蒂亚斯，我们不是普通百姓，我们永远不会越过他们和我们之间的界线。只有约翰越过了界线：他与百姓为伍，因而死于他们的疾病。"

马蒂亚斯说道："也许这些人注定要为生存而战，从而变得更加坚强。"稍做思考，他继续说："但如果如你所说，没有上帝，那也就没有什么命中注定。这样一来，一切都是际遇。"

"你是说穷人饿得要死、去讨饭是际遇？约翰丧命而我们幸免也是际遇？"

马蒂亚斯说："看看，又来了，你自相矛盾了不是？你自己也不相信际遇。你的信仰正在受到考验，没准你就是约伯。"

泰奥恨不得揍马蒂亚斯一顿。上帝唯一能从他那里夺走的就是塞西莉亚。他唯一不得不屈服的就是一个烟花女子的爱情——更确切地说，他对这个烟花女子的爱情。

他不会牢牢抓住生命之羁绊乞求面包。他甚至不知道为何那些民众，他所谓的同胞会沿街乞讨。对泰奥来说，这简直是不可思议的大谜团，是生命的奥秘，只有通过死亡才能诠释。

此时马蒂亚斯·霍格福斯已经从地上捡起了铁锹，倚着它看向没有填满的墓坑。

泰奥向后推了推他的皮帽，用手套擦去额头上的汗水。"我就不明白了，为何不等到开春？"

马蒂亚斯答道："该死的时候就死了，哪里还容你等什么好天气。"

"我说的不是这个意思，我是说他妻子为何不推迟葬礼？"

"唉，没准她觉得春天不会再来。"

"春天总会再来的，哪怕是经历了最凛冽的严冬。"牧师接过话头。

牧师已经离开了伯格太太，让她独自在漫天雪花中飘摇。他扫了一眼墓坑，仿佛要确保泰奥和马蒂亚斯没有用填埋墓坑的石头在棺材板上砸出一个窟窿，以免逝者的灵魂从窟窿中逃走，消失在他不能够触及的地方。

"世界会再次绽放？"

"正是如此。"牧师应道。

牧师赞许地点点头——棺材完好无损，上面有足够的泥土来承重。教区长住所的咖啡此时应该已经备好。

牧师宣布："伯格太太想在她离开之前让约翰入土为安。我要带她去科科拉[1]过冬。此处她已别无他恋，她甚至不懂芬兰语。"

在墓地的围墙边，光秃秃的树木拔地而起，犹如从地面向上搏击长空而凝固的闪电。泰奥向墓坑投去永别的一瞥，看见伯格太太正用一把长柄铁锹把一块大石块撬进坑里。马蒂亚斯大步返回，从伯格太太手里接过铁锹，继续填埋墓坑。她站在那里

---

1. Kokkola，芬兰西部海港，芬兰中博滕区的一个自治市，也是最古老的双语（芬兰语和瑞典语）城镇之一。——译者

缩成一团，看着土落入坑中。

墓地门口站着两个瘦若麻秆的男人，泰奥向他们招手示意，给了他们一张钞票让他们继续填埋墓坑。个高的那个把钞票掖进了胸前的口袋里。

他轻蔑地对同伴说："我他妈的就知道会这样，我没说错吧？"

马蒂亚斯让伯格太太挽着自己的胳膊，领她穿过了大门。

泰奥仰望天空，他想找寻约翰的踪迹，甚至是上帝的踪迹。但苍穹被灰蒙蒙的毯子遮盖着。如果上帝在那毯子之后，那他肯定没有俯视芬兰，约翰也没有从坟墓中升天，而是躺在一个木制棺材里，石头锤击着棺材板砰砰作响，犹如教堂鸣响的丧钟，剩下的只有无尽的、无梦的长眠。

这就是约翰·伯格的安息之地，只不过安息的不是故友，而是曾属于约翰·伯格的什么东西。几年前，他醉醺醺地坐在绿色地狱酒馆桌子旁时，所发出的震耳欲聋的笑声依然回荡在泰奥的脑海里，只不过声音越来越模糊不清。

一旦泰奥再也听不到那笑声时,约翰也就荡然无存了。

泰奥和马蒂亚斯喝完咖啡,坐在舒适的沙发上,点燃了各自的烟斗。教区长住所客厅的火炉中散发出一丝热气,让他们暂时忘记了那冰冷的坟墓。

泰奥对马蒂亚斯说,他在来这里的路上,去了一个小木屋。当他进屋的时候,那农夫甚至懒得抬起那黝黑的眉毛看他一眼。

泰奥设法用那男人自己的语言跟他交谈,但是那人毫无反应,泰奥于是掏出了一张钞票摆在桌上。男人的目光沿着光秃秃的桌面移向钞票。看到钱的时候,那人起身,从火炉架顶上取回一个木头盒子,放在桌子上,从里面拿出三张一模一样的钞票。然后他坐下来盯着自己的钱看。

终于,他嘀咕了一声:"你吃你的,那我就吃我的。"

泰奥正要站起来离开,这时一个女人从某个黑暗的角落里冒出来,给他端来了一碗稀粥。那人一怒之下拂袖而去,泰奥到离开时也没见他回来。那女人手足无措地表示歉意,紧张地用手扒拉着围裙。然后,她收起了那男人的钱和泰奥放在桌子上的钱,放进了盒子里,又把盒子举起放回了那个隐秘之处。她转过身来面对着泰奥,行了个屈膝礼。此时已经站起的泰奥也回了个屈膝礼,误用瑞典语向她道了声"谢谢",便离开了。

马蒂亚斯拿这个当趣闻逸事嘲笑了一番。泰奥想起当时的情景也禁不住咯咯大笑。尽管如此,他还是疑惑,如果他们被周围的悲惨景象逗乐,他们又怎么能受到触动呢?如果他们对周遭所发生的一切真有感觉,他们还能这样捧腹大笑吗?

他们本该看看周遭的其他人,但他们没有,而是对着镜子看着自己。看看吧,他们可是你的左邻右舍,是上帝按自己的形象塑造的人。你对待他们的方式就是你对待上帝的方式。所以，服侍上帝吧，尽你的所能行善。那么约翰·伯格呢，他的结局怎样？那个有着爽朗笑声——雄浑、震耳欲聋的笑声，力大如熊的男人真的变成了一个阴郁憔悴的幽灵了吗？这个现实世界真的用冰冷的手指触碰了约翰·伯格，剥夺了他生活中所有的欢愉吗？

在写给泰奥最后的信中，约翰忆起了他们同窗的学生时代，反复重复着同样的往事，仿佛要说服自己他们所面临的现实。尽管字里行间有许多引人发笑的回忆，但这些信的内容却是那么的消沉，或者正因为那些趣事，才显得如此令人沮丧。反差是如此之大，说不定约翰在写信时终于意识到，一切皆已物是人非。约翰的灵魂是因为他所看到的现实而麻木，还是因为他所看到的死亡和逝去而麻木呢？

玛丽亚记

整条街道都被一堵黄色的墙占据,玛丽亚就走在窗户的下面。这座木头建筑就像一座堡垒,霜在漆黄的墙面上盖了一层薄薄的、柔软的面纱,让人无法洞察这座豪宅。

一个男人从拐角处跑出来,看到玛丽亚后,像一只受惊的野兔一样跳了起来。他的眼神看上去颇似劳里·帕朱拉喝醉后,愤怒之下把他的狗佩尼打得毫无知觉的那种表情。

玛丽亚沿着墙蹒跚而行,而尤霍也随着母亲左摇右晃,像一根随风摇曳的树枝。

那人在躲避玛丽亚时没有站稳,但他设法用一只手扶地,不至跌倒。他继续以同样的速度穿过马路,只不过是四肢着地。另外三个看起来像是地主模样的人追上了他。其中一个人穿着狼皮毛，他薅住那个四肢着地的人的衣领，猛地将他拽起。那个逃犯像马扬起前蹄，接着一滑，瘫倒在他的外套里。那个穿狼皮毛的人把他抛摔在地，好像他不过是只野猫。

"抓小偷，抓小偷！"一个蒙着蓝色披巾的女人紧跟在那些地主模样的人后面嗷嗷叫喊着。

一个耷拉着胡子、瘦小干瘪的男人，把小偷身上的外套扯开半截。

小偷惊恐地看着那耷拉着胡子的人，把前额压在雪中，呼吸急促。他弯腰弓背，似乎在期待着一顿暴揍。追赶他的人从他外套里掏出一块肉，在众人面前高高举起，仿佛在展示一个奖杯。然后，突然，那人用那块肉猛击小偷的后脖颈。小偷一下瘫软躺倒在地上，不是因为那一击，而是因为他没有力气抵抗。那人开始用脚踹小偷。玛丽亚捂住了尤霍的眼睛。

蒙着蓝色披肩的女人发现了玛丽亚，用一根又细又长的手指指着她。

"又来了一个乞丐，偷肉贼、强盗、娼妇。"那女人喊道。

玛丽亚使劲捂着尤霍，护着他，甚至有些用力过猛。尤霍试图把他母亲的手撬开，他设法透过母亲的指缝窥视，看见那贼用手向前拖拽自己的身体，鲜红的血从他的嘴里流出来。

那些追捕者转身看向玛丽亚。奋拉着胡子的人只是侧头瞥了玛丽亚一眼，然后又转头望着那个被踢打的人往前爬。

众人的目光皆是空洞的，里面散发着寒意。蒙着披肩的女人嘴巴张张合合。玛丽亚看见了她的牙齿，冰冷的气息随着那女人的话语从她的嘴里冒出来。玛丽亚听不到声音。整个城镇开始慢慢地围着她旋转。"狼皮毛"举步靠近她。

"随她去吧，她还带着一个孩子。"

那男人的话语传到了玛丽亚的耳朵里。在失聪片刻之后，她又听到了城镇的声音。那声音在她空白一片的脑袋里咆哮，吵得她感到眼睛后面袭来阵阵剧痛，但最后，那些声音回归其位，安定了下来。"狼皮毛"告诉她，在河的对岸，在教堂山脚下，有一个救济院，她最好去那儿。

玛丽亚抬不动脚了。她朝着"狼皮毛"所指的方向看了看，又看了看他的手，最后看了看他的脸。她立刻明白她一定看起来愚蠢无比，她已经精疲力竭，开始浑身哆嗦。

"狼皮毛"抱起了尤霍。玛丽亚惊慌失措，她想要阻止那个男人，却只能无力地朝他的方向抬了抬手。

"算了，还是我带你们去那儿吧。"

玛丽亚半天才明白那人的意思。她平静下来，身体也不再发抖。蒙着蓝色披肩的女人现在就站在那"狼皮毛"身旁，好奇地看着尤霍。

"古斯塔夫松先生，您可要当心啊。这个男孩可能有病，斑疹伤寒。"

"有可能。斑疹伤寒，可能一直都没断过。"

那人转身开始迈步。尤霍朝母亲伸出一只手。

古斯塔夫松命令道:"跟上。"

玛丽亚跟着尤霍伸出的手走在后面。在十字路口,她看了看躺在地上的小偷。那个耷拉着胡子的男人腋下掖着那块肉,已经走了。蒙着蓝披肩的女人跑去追他,以及另一个跟他走在一起的男人。加入他们的行列之后,她回头看了看玛丽亚和古斯塔夫松,似乎在解释什么。她拽了拽那耷拉着胡子的男人的袖子,可两个男人对女人想要说的话并不感兴趣,他们对那块肉的兴趣更大。

小偷招来很多看热闹的围观者。人群中传出沉闷的笑声。玛丽亚看见一个小男孩朝小偷扔马粪。一块冰冻的马粪打在小偷的脸颊上。玛丽亚踉踉跄跄,好像是她自己的脸颊被马粪击中一样。但那小偷什么也感觉不到,他此时呼吸带出的全是血。

"这也算是给你们的一个教训。这是小偷应有的下场。世道不好,人们对偷窃食物的人都不会友善。大家也都饿着肚子。有要饭的,要是有能力,我们也会尽我们所能。"古斯塔夫松说,"只要记住,别被引诱就好。"

玛丽亚看不见那人的脸。那是一个没有生命的"狼皮毛"在对她讲话。她分不清那语气中带着善意还是敌意。她掏空心思想搭腔说点什么,好让那人不停地说下去。听到有旁人在说话对她有益处。当她调动自己专心倾听时,她会暂时忘记寒冷和饥饿。不管对方说什么,只要是在对她说就好。这样她会念起这个世界上还有其他人,记起人们还会互相交谈。也许有那么一天,人们会谈起其他的事情,而不只是面包、面包的短缺,或者饥荒和疾病。

人们会谈起春天的来临,冰雪的融化;谈起在圣湖看到的天鹅;谈起附近的农田被洪水淹没,洪水冲走了韦尔内里·伦科拉的雪橇,伦科拉的狗穆斯蒂坐在雪橇上,俨然像是要去远航的远洋客轮船长;谈起关于尤哈尼带着玛塔莱娜去沼泽边看仙鹤表演的春舞。

"我们到了。你可以向教会执事哈克曼尼要一块面包,不过他很可能也没有。但他会弄点水给你喝。他就住在那边。救济院要再远些,在农田的那个方向。"

古斯塔夫松把尤霍放在地上,朝着河的方向走去,他并没有说再见。一个年轻人从柴房里现身,来到玛丽亚跟前。他怀里紧紧抱着柴火,好像抱的是个孩子。他说奉主之名,欢迎玛丽亚和尤霍的到来,我是哈克曼尼。他欲笑又止,一丝傻气但温和的表情掠过他的脸庞。

"很遗憾,我这里没有多余的面包,只能给小孩子一小块。但你们可以在外屋过夜。不然我就把我的给你们……我是说我的那份面包。我不能让你们去正房,现在禁止开放,担心流行病。但那个外屋是我自己的房子——你们想去救济院也行,随你们。这些圆木劈柴,我稍后再弄。要不算了,你们稍等一下,我先放下这些劈柴,之后我们再找点面包。这样的话,就不会你争我抢了。按说人人都应该吃点，可是真没有那么多。"

哈克曼尼几乎一路小跑赶去救济院。那些劈柴似要从他怀里掉出来，他不得不扭着身子，所以步态看上去滑稽而笨拙。

天空是蛇眼睛的那种颜色。长庚星亮了，玛丽亚感觉那蛇在监视她和尤霍。她回望那蛇，目光对视，但骗不了它。终于，哈克曼尼的身影慢慢地出现在雪坡上，弯着腰，一团黑。玛丽亚希望他能放逐那条蛇，但她意识到哈克曼尼难以胜任。那蛇狡黠地笑了。

玛丽亚站在台阶上。哈克曼尼看到她错愕了一下，从恍惚中醒过神来，把钥匙插进了锁头。

"我就这样把你们撇在这儿，让你们在冰天雪地里站在门外？教区牧师叫我锁上门以防万一。现如今，游荡的人流混杂。我本该让你们进屋的，里面要暖和点。其实我那里也没什么值得偷的，没准面包还算是。但话说回来，我们也是要给那些有需要的人，那不能算是偷窃。你们一定冻僵了。"

进到屋里，玛丽亚坐在沙发床边上。

哈克曼尼往炉子里捅了点碎柴火。一暖和，尤霍就在母亲的大腿上睡着了。哈克曼尼在上衣背尾擦了擦手，闪身去了另一个房间。玛丽亚把尤霍抱到沙发床上，去壶里找水喝。哈克曼尼返回时，拿来了半个面包和不满一箱、已经被霜打得发黑的小土豆。

"我真不该把这些土豆给住在救济院的人……它们是不是小得可怜？"哈克曼尼苦笑了一下。

"土豆就和蓝莓差不多。"玛丽亚记得有人这样比较过。

"我自己也吃这些。没有别的东西吃，我们也只能将就，有什么吃什么。"哈克曼尼带着歉意喃喃自语。

玛丽亚赶紧说："已经不少了——我都记不清最后一次看到土豆是什么时候了。"

哈克曼尼如释重负似的叹了口气。他把板条箱左晃晃右晃晃，看着那些黑黑的"小弹珠"从一边滚到另一边。

"它们有些像最近的年景，黑色的，又不起眼……不过实际上也不能说这些年不起眼，人们已经付出了惨重的代价。受打击最大的是那些收成最少的人。连年收成惨淡。这些土豆就像这年头的收成，又小又黑……"

玛丽亚心想，还好，至少他在开口讲话。哈克曼尼的话像大片大片的雪花一样飘浮在小屋里。它们轻轻地落在玛塔莱娜和尤哈尼身上，温柔地覆盖着关于他们的记忆，而玛塔莱娜则在雪纺成的纱下微笑。

"这孩子睡得好香甜，都不忍心叫醒他。"

雪花化为乌有。玛丽亚在幽暗的房间中醒来，疑惑地看着哈克曼尼。他不再晃动那个板条箱，而是把土豆倒进了一个小煮锅里。

"但还是得把他叫醒吃点东西——我不能让你们随身带走任何食物。外屋的人也都饥肠辘辘，而饥饿会让人们穷凶极恶。我见过有人从孩子嘴里抠出面包。"哈克曼尼说个不停,指指睡在沙发床上的尤霍。

玛丽亚跟他说:"他们在桥那边的十字路口打死了一个小偷。"

尤霍含着一个土豆细嚼慢咽了很长时间,直到土豆融解,像口水一样从嘴角流出来。哈克曼尼什么也没说,只是盯着尤霍,尤霍的下巴继续不停地蠕动。

玛丽亚接着说道:"那个,我不知道他是不是死了,但跟死了也没什么两样。"

"这也不难理解。"哈克曼尼终于小声说道,"鉴于到处都食物匮乏,人们会像一群狼一样去追逐一块肉,同时把对方撕成碎片。"

"其实,那人偷的就是块肉。"

那蛇眼睛一样的颜色不见了。星星在昏黑的天空中闪耀,明亮但显得死寂。玛丽亚提着灯笼,沿着雪地里的一条小径向救济院走去。哈克曼尼背着处在睡梦中的尤霍跟在她后面。

一股浓重的、烟气腾腾的味道从小屋里向他们迎面袭来。玛丽亚仔细打量，看见一个用焦黑的石头做成的炉子，微红的火光有气无力地在脏兮兮的地板上泛着光亮和涟漪，照向躺在那里的衣衫褴褛的人的身后，又缩回到石头后面。"上帝保佑你们。"哈克曼尼说完，随手关上了房门。玛丽亚抱起尤霍，找到一块空地。她把自己安顿在窗下的长凳上，把尤霍放在地板上，让他尽量靠近火炉。

窗玻璃很小，内面蒙着烟灰，外面覆着冰霜，但是玛丽亚还是透过它们看到了星星，依然在狰狞地凝望。突然，几条瘦骨梭棱的手指搂住了她的脖子，把她扯到了地板上。一股令人恶心的喘息击退了玛丽亚的饥饿感和疲惫感，令她惊骇。她想喊叫，但无法呼吸。最后，那双手松开了她的喉咙，只是为了去撕扯她的衣服。那冰冷的手指在她身上摸摸索索，寻找藏在她身上的面包，或她那已经饿得干瘪的肉体。绝望中,玛丽亚试图抓住尤霍的袖子,但那些手指掐住她的手腕,把她的手掰开了。

"一个卖弄风骚的婊子,以为她能靠那个换来面包。"一个老妇人恶毒的声音在房间的黑暗中嗷嗷响起。"你登不了绅士们的大雅之堂吧?所以你就到这里来展示你的烂货?呵呵呵呵……"

冰霜在木墙上噼啪爆裂,与此同时,拉扯玛丽亚的那个男人消失在恶臭的空气里,玛丽亚躺倒在空虚之中。

又是噼啪的声响,那男人摔倒在地板上。玛丽亚片刻之后才弄明白那重击的声音是怎么回事。她扭头看见一个纤瘦的人影,手中握着一块长长的木头。

"你杀人了,你杀死了一个好人。"那老恶婆叽叽喳喳道。

"收声吧,老婆婆。"一个声音从角落里响起。

"有人和那婊子串通一气。那婊子当诱饵,另一个人偷袭。他们杀了一个人,杀人犯!凶手!

婊子！"

"你这该死的癞蛤蟆，你再呱呱叫一声，我就用这根木棍也弄死你。"

这声音来自一个少年。玛丽亚想，他可能比玛塔莱娜大不了多少。尤霍醒了，正在抽泣。玛丽亚抱起他，抚慰孩子，同时也抚慰自己。

门嘎吱一声开了，先是闪出一盏灯笼，随后是哈克曼尼的脸。"奉主之名，这吵吵闹闹的是怎么回事？"

哈克曼尼提着的灯笼照亮了房间。那个骨瘦如柴的男人双目圆睁、面部朝下趴在地上，犹如一根稻草开始慢慢地在血泊中漂浮。血流到了他的眼前，而他的目光却仿佛来自非常遥远的地方。

哈克曼尼悲伤地说道："死了。"

"被这个婊子谋杀了！婊子和她的帮手。"那个瘦小干瘪的老恶婆聒噪着，但她的话语却仿佛是从天花板的黑色木条上落下来的。

"闭上你的嘴，你这个疯婆娘。别理她。事情是这样的：那家伙在黑暗中摸索自己的路，裤子缠住了脚踝，绊倒了，脑袋撞在了那根原木上。"坐在角落里的另一个男人加入了交谈。

哈克曼尼看看尸体，又转身看看手持那根木棍的少年。

少年镇静地说道："我看见木棍在地板上。我捡起来是为了防止另一场祸事发生。"

"你还未成年，却已经开始走向那条不归路了。"哈克曼尼说，更多的是感到悲伤而不是在评判什么。

"你是说乞讨之路？"

"你懂我的意思。为了你自己的灵魂，你要明白这一点。因为你也有灵魂，就像这个可怜的人有灵魂一样。"哈克曼尼轻声答道。

"他不再有灵魂了。"角落里的那个男人开口说，"也许不在这个躯体里，但他此刻正在祈求上帝的慈悲——总有一天，我们都会这样。"

哈克曼尼把灯笼递给那个少年，对角落里的那个人说道："我们得把尸体弄走，今晚就先抬到柴房吧。"

"不如干脆扔到外面，寒冷可让尸体不至于腐烂。"

"好歹他也是个人。再者说，如果我们把他留在野外，他会被狗吃掉的。"

哈克曼尼和坐在角落里的那个人抬起了尸体。少年举着灯笼给他们引路。"孩子，你明早就走吧。此处不能再留你了。"玛丽亚听见哈克曼尼的声音，随后门就关上了。

灯笼一走，房间又被黑暗笼罩。

"婊子，你幸灾乐祸了？你杀死了一个好人。"那老恶婆发出阵阵冷笑。

"闭上你的臭嘴。"一个女人命令道，"血口喷人的母夜叉，起码让孩子们睡会儿。"

玛丽亚把脸颊贴在尤霍的脸上。她已经干枯，欲哭无泪，但尤霍脸颊上的泪水让她感到了些许安慰。

一个女人领着四个孩子站在哈克曼尼的房门外面。那个瘦小干瘪的老恶婆一瘸一拐地从柴房向那女人走去。玛丽亚听到老恶婆在讲述，夜间一个婊子如何谋杀了一个好人。她先是勾引了他，然后，在她的手摸到他的钱后，她向她的同伙发出信号，让那人用棍棒打他。教堂执事也装聋作哑，因为有人收买了他，让他缄默。孩子们赶紧躲在母亲身后不让那老恶婆看见。看到哈克曼尼走出屋外，那老恶婆继续前行。她抓住了路上遇到的第一个人的袖子，对着玛丽亚指指点点。

哈克曼尼面色沉重地看着玛丽亚，把一片面包塞到她手里，跟她说，在城镇的另一边有个公共救济院，劝她到那里干点零活换点面包。

"如果他们有面包的话。"哈克曼尼补充道。

"那边是做什么的？"

"棺材。"

玛丽亚失声笑了出来，不知是喜是忧。哈克曼尼也意识到这种情势的荒谬,脸上流露出一种介于做鬼脸和表达歉意之间的微笑的表情。

"把一切都交托给耶稣吧。"哈克曼尼低声说道,举步走到领着四个孩子的女人那里,带他们向救济院走去。

在墓地的一角,昨天晚上的那个少年也加入了玛丽亚娘俩。他比玛丽亚还要高出一个头,尽管他还只是个少年。

"嘿,是你呀。我都没来得及对你说声谢谢。"

"嘻,反正我早就想揍他了,只是以前没找到机会。"

"你叫什么?"

"鲁尼。"

"那算什么名字?教区登记册上都找不到。"玛丽亚笑了。

"你觉得我们当中有谁的名字在进天国之门的花名册上吗?你就是个要饭的,名字不名字都无关紧要。牧师给我起的那个教名毫无意义，牧羊人懒得去唤回他的羔羊。我给自己起了个名字，现在我是自己的主人了。"

"你不为你的灵魂担忧吗？哈克曼尼不是说你要考虑考虑你的灵魂吗？"

"相信我，就算牧师知道你的名字也救不了你。你愿意分享那个胆小鬼给你的面包屑吗？"鲁尼问。

"我想我会把它给尤霍的。"

"那么，尤霍会分给别人吗？"鲁尼问道，弯腰看向那男孩。

玛丽亚笑了，从口袋里掏出面包。鲁尼想逗尤霍开心，就假装要把自己的拇指掰下来，但尤霍凝重地盯着那根扭动的手指，并不觉得好笑。他们坐在筒仓的台阶上，玛丽亚把那一小片面包分成了三份。

"真正的树皮。他是只狐狸，不是个男人，做牧师只是个借口。"鲁尼不无羡慕地说，然后开始叹息着舔食面包。

"你会去救济院做棺材吗?"玛丽亚问。

鲁尼摇摇头。

"听着,我不会问你的名字。在这条路的尽头,就是我们正在走的这条路,有个万人坑,不会有牧师在那里点名。审判日那天,死者爬出来的时候,他们不知道自己捡拾的是谁的骨头。一个叫维尔贾米的体面家伙很可能身上有块普通人尤西的胫骨。那他到时是维尔贾米还是尤西?撒旦不得不抽签决定谁上天堂谁下地狱。我们就是那堆骨头的一部分,那就是我们的命。事实上,此刻我们已经掉入了万人坑。我们每个人都变得像骷髅时,要怎么分辨清谁是谁呢?"

尤霍咯咯咯地笑了,这让玛丽亚舒爽很多。

玛丽亚说:"有些地主的骨头上还是带点肉的。"

"他们也会去天国,他们懂得默念'万能的上帝',即使是皮包骨头的地主也一样。我们这些人更倾向于呼求撒旦,而有钱人则会呼唤上帝的名字。但老瓦斯科去不了天国。他以魔鬼的名义咒骂了农夫和女佣,但撒旦不会为这些讨厌的事情烦忧。就算下了地狱,老瓦斯科还会是个工头,魔鬼也会开始为那些被折磨的灵魂感到惋惜。所以即使是老瓦斯科也会穿过天国之门悄悄溜进去。"

那少年的故事逗乐了玛丽亚。他一定是在大户人家待过,认真地听了老辈人的谈话,并自学了那些雇工大摇大摆的神气。那些雇工,舞会时他们围坐在旁,双手捧着后脑勺,头顶上的帽檐遮着眼睛,嘴里喋喋不休地谈论着主人、主妇和女佣的屁股。第二天早晨,他们手里拿着帽子,站在恶语相加的主人面前,因没有拴好马或没有磨好镰刀受到责难,好像接受牧师的训诫一样。

尤霍还在咯咯咯地笑,这孩子的笑声在灰暗的绝望中开辟了一条道路。这笑声没有引向白色的死亡,而是引向了黄绿色、春光和煦的圣彼得堡。玛丽亚腹中的饥饿、空虚,被冰冷的、净是骨头的拳头紧紧抓住，沙皇的城市似在冉冉升起。而现在那拳头屈服了，一条鹅卵石铺就的街道出现了。美丽的绿色桦树沿街林立，玛丽亚牵着尤霍的手走在路上。他们走进一家商店去买面包，肥头大耳的店主笑着夸赞尤霍，说他是个胖乎乎的小家伙。店主妻子从里屋露出脸来。她也说尤霍胖乎乎的好可爱，而那个男人递给了尤霍一块糕点。

"要不还是把你的名字告诉我吧。我可以在天堂之门那儿为你说句好话——我会比你先到那里。"鲁尼打断了玛丽亚的思绪。

"我的名字是玛丽亚。你此刻还不能奔向天国。但我到圣彼得堡后可以代表你跟沙皇说点好话。"

"啊哈，如此说来，上帝算不了什么。那咱们一起接着走吧。我也可以到圣彼得堡，到那里当兵。稍等一下，我还有点事没办。"鲁尼边说，边消失在筒仓后面。

来到城外，他们搭上了一个老头的雪橇。一路上寂静无声，唯一的声响就是雪橇碾过积雪的呜咽声。农夫在一块农田边停了下来。

"你们就在这儿下去吧。顺着这条小道穿过田野，那边有一些住户。"那农夫说道。

玛丽亚体会到他不想留他们过夜，她想对视那老头的目光，但他不是望着田野那边就是看着雪地，并不直视她。短暂的白昼之光还没有跑完其全程。

在田野中央有一个谷仓，鲁尼建议他们到那里休息一会儿，吃点东西。

"我们哪有什么可吃的呢？"玛丽亚疑惑不解地问道。

鲁尼从大衣里面掏出一条面包。

"你偷来的？"玛丽亚满脸的惊恐。

"没错，偷的。"

谷仓的墙壁千疮百孔，不过里面有一些干草。玛丽亚不知道他们能否在这里过夜。

鲁尼把面包分成三份，把最小的一块递给了尤霍。

玛丽亚问："你是怎么沦为乞丐的？"

"瓦斯科肚子一开始咕噜噜叫，他就把我抛了出来。他是个满脸横肉、贪吃的老家伙。一旦从自己的眼角瞥见饥饿，他就得马上让人给他备好食物。他算计着，如果他不甩掉那些雇工，他的嚼头就会越来越少。实话跟你说，这个面包不会对那个肥佬造成任何损失的。"

"你是个孤儿？"

"母亲在救济院里死于斑疹伤寒。那时还是春天，从那以后我就一直东走西串。人挪活，树挪死。我不再是个小孩了，到处都是可怜巴巴的眼睛。我没办法，就得学会做贼。没人会可怜像我这样的人。我还没长大，没有自己的小孩。要是我有小孩，我外出要饭时会让他装可怜。你可以把你的尤霍借给我——我会像老爷们一样生活。我敢打赌，你们只要出现在人们的门口，他们都会泪眼汪汪，递上他们的面包。"

"哪有那么容易。"玛丽亚说道，她想起了玛塔莱娜。

鲁尼从玛丽亚的表情中看出，她咽面包的时候也咽下了泪水。他把手放在她的肩上，玛丽亚把自己的手搭在鲁尼的手上，轻轻地摁了摁。有那么片刻，她觉得世界上所有的乞丐仿佛都是一家人，仿佛他们也感受着同样的痛苦，都在为玛塔莱娜悲伤，都在分担着她的负担。

尤霍、玛丽亚和鲁尼蜷缩在稀薄的干草上睡觉，紧紧靠在一起如同老鼠窝里的老鼠崽儿。玛丽亚抚摸着鲁尼的耳朵，它们翘着，就像雏鸟学飞时展开的翅膀。很难想象这个耳朵支棱的男孩瘦成了一具骷髅，他确实已经饿得面黄肌瘦，他的眼睛凹陷，周围布满了黑眼圈。尤霍和鲁尼已经轻轻发出了鼾声。玛丽亚也闭上了眼睛。

玛丽亚从干草中爬起，谷仓的墙壁漏风越来越大。风嘶哑地叹息着,像是得了肺炎的病人。透过墙缝,玛丽亚看到一个三条腿的人影从远处的田野里走近。突然,她认出那是鲁尼用棍棒打死的那个人。

那人光着腿走在雪地里,长长的阴茎悬在他两腿之间,像一根庞大的冰柱,在冰冷的田地里犁出一条沟,沟里满是鲜血。

玛丽亚惊恐万分,她紧贴在墙上,希望不会被那人看见。他正拖着身子走过谷仓,突然停了下来,转过头用呆滞的目光凝视,下流地吐着舌头。他的眼睛因某种东西而阴燃,吓得玛丽亚毛骨悚然。

突然间,玛丽亚才意识到那人其实是尤哈尼,她的尤哈尼。但这种释然非常短暂,因为尤哈尼的眼睛变成了两个雪球,在风中破碎了,留下的只是黑洞。接着一阵狂风吹打着尤哈尼,尤哈尼完全化成了雪,不复存在。慢慢地,她心爱的人散落在白茫茫的田野之中。犹如惊弓之鸟,玛丽亚瞥了一眼躺在干草里的尤霍。但刚才与她睡在一块的不是尤霍,而是鲁尼。

但其实那是尤霍,鲁尼从未存在过。更确切地说,她的小尤霍已经在不知不觉中长大了,她误把他当成了一个男子汉。她大声喊叫,但那尖叫声没有发出——一只看不见的手把那尖叫声推回了她的嘴中,而她的嘴还在张着。玛丽亚喘不过气来。

她意识到这就是玛塔莱娜所在的那个谷仓,当她转身看时,玛塔莱娜就躺在她身旁的一块灰木板上,洁白如雪。

玛丽亚惊醒了,大口喘着气。寒冷从四面八方刺入她的身体。尤霍在她身边,紧靠着那个男孩鲁尼。玛丽亚想把那梦魇一口气呼出,但那些幻影纷扰着她,迟迟不肯离去。后来,她摇醒了鲁尼。

"咱们还是上路吧。这里太冷了不能过夜。天快黑了。"

鲁尼勉勉强强醒来。他睁开惺忪的双眼时,寒冷朝他扑去。当他再次闭上眼睛时，不可名状的东西将他拽入睡梦中那危险的温暖里，而且更深。但玛丽亚强拉了鲁尼和尤霍起来。

影子变长了，开始在乡村大地上蔓延，很快吞噬了整个风景。积雪很深，鲁尼和玛丽亚轮流抱着尤霍。玛丽亚想牢牢抓住圣彼得堡的意象，但那个城市在萎缩，一片雪地和一片黑森林冒出将它围绕，树木掩藏了宫殿，宫殿消散在远处。

最后，她面前只剩下一条白色的小径，蜿蜒在凄凉的云杉之间。雪投射出一道残忍的亮光，而戏谑的是，它照亮的路无论你怎么走都不见变短。直到突然间，转过一个弯，才出现了一条狭窄的冰冻的河，河上有座木桥，在桥的另一边有个磨盘和一座磨坊。

鲁尼没有先敲门，而是直接推开了磨坊的门。房间很小。磨坊主躺在沙发床上呼哧呼哧地喘着气。这张床对他来说太短了，他弯曲的样子颇为怪异。微弱的光线在磨坊主死灰般的脸庞上留下了深深的阴影。他把脸转向门，空洞的两眼看着来客。

"坏血病。"一个声音从角落里传来。

玛丽亚看见一个头发花白的女人，她头上系着一只大羊毛袜，在前额上方散着，袜子下面是缠在一起的乱糟糟的头发。玛丽亚看了一眼磨坊主的脚，很长。他是个高大的男人，他曾经应该很高大——不过现在不一样了。

"关上门。"女人命令道，"在这一带没什么别的地方可去。如果你们不靠他太近，就不会染上他的病。但如果你们现在抽身走，夜里的严寒天气一定会把你们冻死。"

那女人答应就给尤霍一个人弄点吃的。房间里很昏暗，炉火闪烁着奇怪的光亮。那女人似乎随着那小火苗发出的红光的指引忽隐忽现，一会儿消失在黑暗中，一会儿又出现在角落里。

天花板上垂满了一捆捆的干草。那女人好不容易站起来，从一捆干草上折断一根茎，先把它弄碎放入木碗中，然后提着烧开的锅往里面倒上热水。她把木碗推给鲁尼和玛丽亚。鲁尼迟疑了一下，那女人发出了阴森森的笑声。

"我早知道会落到这个地步，早在两年前的秋天，有只白乌鸦落在磨盘上的时候，我就知道会这样。"她边说，边犀利地看着他们。

"她疯了。"鲁尼在玛丽亚耳边窃窃私语。

那女人攥着小拳头猛击了一下桌子，黑色的眼睛闪着寒光。突然，她又爆发出阴森恐怖的笑声。

"那又怎样？这年头有几个不疯的？不久之后，这里就会疾病肆虐，而且要持续一年以上。上了年纪的人身上起脓，而且因此死去活来，好几个星期都睁不开眼睛，一只眼睛就此失明。那边那个人，整个身体就是一个大痂，这不把你逼疯才怪。这是上帝对人类的邪恶的惩罚，牧师就是这么说的。"

这个女人看着那苟延残喘的磨坊主，然后抬

眼，透过天花板上的横梁望向聚集在木屋上空的乌云，一直看向天国，圆睁的怒目中燃烧着凶狠的控诉。

"那人伤着你什么了？你这可恶的撒旦，我要刺穿你的双眼，只有这样才能让你看到我们的苦难！"

玛丽亚被这个女人的雷霆怒吼吓了一跳，确信坐在王位上的天父也有同样的感觉，而且此时正在尴尬地调整他的坐姿以便稍微舒适点。

"哎哟。"磨坊主在床上哀号一声。他试着举起拳头，但拳头无力地落回到了盖在身上的毯子上。

那女人此刻盯着木头桌面，用她那黑不溜秋的指甲刮着桌子。玛丽亚看到那女人一直盯着自己的手指，仿佛期待一片被犁过的田地在手指后面展开，一块块金黄色的土豆从犁沟里蹿出。其实不然，一根木刺刺进了女人的指甲里，她平静了些，把刺挑了出来。

"整个秋天，人们来到磨坊就是把动物的骨头磨成粉。没有一粒粮食，全是骨头，啃得白白的骨头。有时我就想，不久，当他的大限一到，我也会磨碎他的骨头来做精粉。我也要把我自己的骨头磨成精粉，我会用巫术把我的身体挤压在磨盘之间。我要把门和所有的通风孔都打开，让风把我们带走。这样，我们在这个世界上就不会留下一丝痕迹，就好像我们从未存在过。一个劳碌了一生的人，到头来还要忍受这样的结局。"

女人猛地站起，命令那些乞丐到客床上去睡。她扳了一下磨坊主让他侧躺着，就在那个窄窄的沙发床上躺在了他身旁。壁炉里的余烬一直闪烁，迟迟不肯熄灭。

尤霍醒来一会儿后便又昏昏欲睡了，玛丽亚和鲁尼依旧轮流抱着他。风扑打在他们的脸上，又冷又滑，还不如一场冰冻来得痛快。那条蛇已经稳居上风，在流浪者周围爬行，威胁要从树后伏击他们，但未能给予决定性的一击。走过了一段似乎漫漫无尽头的长路之后，玛丽亚看到山顶上有一座房子，那条蛇退到了田间，等待他们继续上路。

一条骨瘦如柴的狗在院子里狂吠，接着露出牙齿。鲁尼回应了个鬼脸。

"从哪儿来回哪儿去！"

一个男人咣当将房门推开，他块头很大，胡子下垂，正在往胳膊上套衣衫的袖子。他那高高举起的攥着的拳头，伸出一根细长的手指，指向田野。所指的地方正是玛丽亚看到的那条蛇刚刚安顿下来的田野。那条蛇可以等待，可是玛丽亚等不及了。

玛丽亚哀求道："孩子累了，请您发发慈悲吧。"

一个瘦瘦的女人从牛棚里出来，她走到玛丽亚身边，用手抬起玛丽亚怀中抱着的尤霍的下巴，转了转那男孩的头，看向他的眼睛。

"你们都没病吧？"

"没有，但是孩子已经疲惫不堪，他现在又饿又冷……"

女人对站在台阶上的丈夫说："你不能打发这孩子走，让他夜里留在外面。"

"另一个是小伙子，我不会收留他。我一眼就能看出来，他是个小偷。"

"你跟孩子可以在这儿过夜。清早，你们就得上路赶往村子。我不管你同意不同意。那个家伙现在就得离开。要是他抓紧，天大黑之前，也许会赶到村子里。"那女人说，语气很傲慢。

鲁尼抱怨道："眼看天就黑了。"

"那你就摸黑走吧，不关我的事。村子也不是太远。"

玛丽亚问："这附近还有别的房子吗？我们可以去试试。"

"没有，要是有的话，我早就让你们去了。村子离这儿不远，那个小伙子可以试着赶过去。就算他偷东西，那也是他自己的责任。你跟孩子恐怕支撑不到村里。"

鲁尼说:"那我走吧。我在村里等你们。"

玛丽亚转身想给鲁尼一个告别的拥抱,但他已经走下了山坡。

玛丽亚抱着尤霍,跟着那对夫妇走进了屋里。从窗口,她看到了外面的鲁尼,他在山坡脚下停住了脚步。他双肩缩成一团。阵阵狂风让他像一棵小桦树一样左摇右摆。那只皮包骨头的狗追了他一会儿,此时在山坡的半路上嗷嗷叫着,从那里起,可以看到稀稀疏疏的松木。

"妈妈?"

那叫声来自一个黑暗的角落。玛丽亚的眼睛慢慢适应了房间的昏暗,她辨认出一个男孩坐在炉边的长凳上,年龄和鲁尼相仿。

"妈妈在这儿。"女人应道。

"那边是谁?"

"陌生人。你不认识他们。"

那男孩看着玛丽亚身旁的空间,就好像有人站在那里一样。玛丽亚意识到,他是个盲童。

"该睡觉了。"那男人对男孩说。

男孩站起来,爬到炉子上方暖和的砖壁架上。男人点燃了一块木片,玛丽亚看到了男孩的脸。那男孩又看了看玛丽亚的身旁,这使得玛丽亚忍不住要去搞清楚到底有没有人坐在她旁边。

那农夫在桌子一边坐下,吹胡子瞪眼地怒视着玛丽亚。这个人看上去有些无精打采,似乎他身上吸进呼出的是风,像是要甩掉云杉枝上的地衣一样。那个女人在炉子里点了一把火,然后在上面放上煮锅。不一会儿,煮锅里冒出了蒸汽。

女人把两个碗摆在尤霍和玛丽亚面前,男人见状起身闪进了卧室。碗里有灰乎乎的稀粥。那女人默默无言,坐到了刚才男人坐过的桌子边。她大腿上放着半条面包,把面包掰了一大块递给了玛丽亚。

"谢谢。"

玛丽亚又看到了在砖壁架上的那个盲童的脸。

"睡觉。"女人喊了一声。那张脸便消失在黑暗中了。

"他一直都……看不见吗?"

"一出生就瞎了。但村子里有这种毛病的不止他一个。"女人答道。

那女人声音中阴险的胜利之感让玛丽亚不寒而栗,她起了一身鸡皮疙瘩。

碗里的稀粥看上去像春天到牛棚的小路上泥泞的融雪。现在连关于春天的想法都让人感到沮丧。玛丽亚看不到随之而来的夏天,看到的只是一个延绵不断的漫长寒冬。她把勺子举到嘴边,凝视着砖壁架那里的黑暗,盲眼与她的眼睛相遇了。

在半梦半醒之间,玛丽亚听到地板吱吱作响,有脚步声在黑暗中向她靠近,脚步声中夹杂着粗鲁的喘息。划火柴的声音,随声点燃了一块木片,在幽暗的火光中,墙上出现一个来势汹汹的侧影。一个超常的高大身影幽灵般地窸窸窣窣闪来。那个男人脱去了衬衫,光身俯在玛丽亚身上,没等她来得及反抗就已经撕开了她的衬衫和裙子。一声尖叫卡在她的喉咙里，恐惧凝固了她的声音，就像一团水吞没了一个不会游泳的人，又黑又冷。

"你不会以为可以白白吃掉我们最后的面包渣吧，你这个贱货？"

男人把手指胡乱塞入玛丽亚的两腿之间，又抽出手指，朝上面吐了点唾沫，接着再次使劲往里塞。他一边喘着粗气，一边撩拨着玛丽亚。玛丽亚被恐怖的冰冷之手压在水下，动弹不得，那水中没有一点空气。然后那男人进入了她的体内。

"妈的，一头干母驴。"他嘟嘟囔囔。

那一刻的痛苦似乎永无止境，但终归还是结束了。男人叫唤了一声，似乎从玛丽亚身上漂浮了下来。

他老婆拽着他的头发把他揪了起来。他穿上衬衫，回到卧室中消失了，远远地冲着从砖壁架上探出脸的男孩咒骂了一声。

终于，玛丽亚的声音从喉咙里释放出来，但当她看到那女人的手颤颤巍巍地举在空中要打她时，又把声音咽了回去。

"淫妇，淫妇，淫妇！"女人咬牙切齿地骂。

她抓住玛丽亚的头发，把她的头摇来晃去。尤霍紧紧地贴着母亲的脖子。

"今晚你就去牛棚过夜吧，正好跟其他的母牛在一起，不过那儿可没有公牛搞你。"女人说完，终于松开了拳头。

玛丽亚敛了敛被撕破的衣服，匆匆地给尤霍穿上衣服，走到了门边打开了门。外面又黑又冷。那个女人站在房里，在烧着的木片发出的微光中，撕扯着自己的头发。盲童的脑袋从砖壁架上探出，寻找光源，像钟摆一样来回摆动。

女人松开自己的头发，痛苦的神情顷刻变成傲慢的表情。她从门边的钩子上取下一盏灯笼，点亮，递给了玛丽亚。

"去吧，明早就给我滚蛋，淫妇。"

黑暗伴随着纷飞的雪花从积雪中升起。风在树间沙沙作响，远处是夜无尽的死寂。玛丽亚想要拉开牛棚的门，但那门死活不开。然后一阵大风将它破开，大雪也随之倾泻进来，一并带着玛丽亚进到里面。她听到软绵绵的牛叫声。

牛棚的炉子里还有余烬，发出和前一天在磨坊里一样朦胧的光。玛丽亚把灯笼挂在钩子上，往余烬里添了些小树枝。树枝噼啪燃着了，犹如脚下水坑上的冰破裂的声音。她在炉子旁边找到一条马鞍褥，用它裹住了尤霍。

牛棚里有三头瘦削的母牛。玛丽亚发现了一把塞在墙和门框缝隙之间的剪刀。她抽出剪刀，挑了一头看上去最健康的牲畜，在它的脖子上剪开了一个小伤口。母牛发出了一声沉闷的低叫。玛丽亚舔了舔伤口，开始吮吸牛血。母牛又开始叫唤，并顶撞玛丽亚，把她撞翻在地。她躺在地板上，试图舔掉脸颊上的泪水，但她脸上根本没有眼泪。

尤霍恳求道："妈妈，给我暖暖身子。"

玛丽亚拖着身体靠近男孩,她钻进褥子,蜷缩在他身边睡着了。她做了一个梦,梦中的她并不存在。那是一个无梦之梦,只有无边的、无色的黑暗。

最后,玛丽亚在黑暗中获得了重生。起初,她只是水面上的一个倒影,然后她的五官无情地填满了那影像。玛丽亚周围的黑暗慢慢地变成了一个空间,她认出那是个牛棚。暗淡的白光从门口飘进,浓缩成一个女人,那女人弯腰捡起一把染血的剪刀,朝玛丽亚猛劈过来。

"你是魔鬼派来的吗?"

那女人的眼睛里闪烁着咄咄逼人的寒光。玛丽亚奋力从褥子里挣脱出来,拉着身后的尤霍,踉踉跄跄地逃出了牛棚。女人追了出来,手中提着一个水桶。院子里,农夫正在大声唤着狗,可哪里也找不见。

"那淫妇放了牛血!"

那男人跃身扑向玛丽亚,把她撞翻在地。他把玛丽亚压倒在他的身下,把雪使劲往玛丽亚脸上搓。"我要宰了你,我要宰了你!"

那男人用冰冷的手掌压着玛丽亚的脸。玛丽亚听到了尤霍的哭声。从男人的手指缝里,她看到女人举起水桶,意欲袭来。砰的一声,那手松开了玛丽亚的脸。那男人倒在地上。

玛丽亚抓住尤霍的肩膀,开始跌跌撞撞地走下山坡。直到她到了山脚下,她才敢回头看,她看见那女人用水桶在打那个蜷缩成一团的男人。

尤霍把母亲从雪堆里拖了出来。玛丽亚心惊肉跳地拖着沉重的步伐前行。大风将地上的雪掀扯而起,随处抛撒,却不知从何处下手来攻击路上的这两个行人。

玛丽亚看到前面有座桥:那是一条通往另一个世界的道路,同样是个白色苍茫的世界。而那座桥本身只是这片白色中的一个黑点。

突然,玛丽亚发现路边有一条狗的尸体,上面蒙着霜雪。那层雪纱很稀薄,也就是说,这条狗并没有在那里死很久。它的侧腹被撕裂开,奇形怪状的灰呼呼的内脏从裂口处露出来。那是牙齿撕咬的痕迹。玛丽亚不知道她身上的寒战是因为那怪诞的景象还是因为大风。那正是昨天他们进农夫院子时,冲他们狂吠的狗。

玛丽亚迈步上了桥。她把尤霍抱起来,用尽微薄的全力把孩子按在胸口。这座桥是一条贪吃的舌头,随时准备把流浪的人送到冬天的咽喉中,以满足它无尽的、永不满足的食欲。

大风此时找准了方向,要把玛丽亚推到桥下。雪形成的旋涡绕着她的双脚打转,桥下的水不再流动,而是顺着桥向对岸的雪原延伸,而那里已经无路可走。

远远地,玛丽亚看见树木在空地上徐徐移动,它们变成了沙皇城市教堂的尖顶和宫殿的轮廓。它们飞奔、飞舞、进入虚无,玛丽亚向着虚无爬行,怀中抱着尤霍。沙皇亲自降临到一棵最大的云杉的树冠上，却扮成了死神、扮成了一只黑乌鸦的模样。

过了桥，玛丽亚看到了沙皇的身体。他蜷缩成胎儿的姿势，但脸仰望着天空，嘴巴张开，做着永恒的怪相。仿佛那个将死之人在最后一刻意识到，他安顿下来等待重生的子宫，就是这个荒凉寒冷的冬天。

沙皇的耳朵对那枯瘦的脑袋来说太大了，让身体看上去像一只冻僵的蝙蝠，那长长的手指仍然拼命地抓住膝盖。玛丽亚俯身靠近那张看起来像鲁尼的脸。她左看右看才弄明白这真的是鲁尼。他失去了双目，沙皇将那对眼睛承袭到了自己身上，沙皇现在就坐在大云杉的顶端，向那双眼睛展示他的王国。给你，这就是你要的圣彼得堡，一片雪野。别奢望我给你更多。

玛丽亚凝神看着那男孩张开的嘴巴，注意到狗毛和狗肉卡在了他的牙齿之间。她温柔地把嘴唇贴在鲁尼的嘴唇上,吻着那死去的少年,从呼吸中感到了死亡的寒意。

一阵狂风把一层薄薄的雪吹到少年身上。某种力量迫使玛丽亚向上向前,但刚迈出几步她就气衰力竭。她就地冻结,动弹不得。一种深不可测的渴望从她空荡荡的肚子深处升起。玛丽亚试图在鲁尼的脸上描绘生命的颜色,但只看到被霜冻撕碎的青白的耳朵。

渴望凝聚成悲伤。悲伤充斥着玛丽亚的身体,把她变成装满水的木桶,沉重的水挤压木桶的四周,令其无法继续顶住水的冲击。玛塔莱娜和尤哈尼就在那悲伤之水中沉睡。玛丽亚晕晕乎乎地向前迈了几步,接着,箍着木桶的铁箍松开了。

水迸发而出,肆无忌惮,弄湿了她的双脚,渗入她的双腿,一路向上蔓延,直到她变成一张湿漉漉的脏床单。湿气结晶成粉末状的雪,风贯穿而过。玛丽亚碎裂成一场暴风雪。雪堆覆盖着躺在木板上的玛塔莱娜。玛丽亚向尤哈尼呼救,但她的声音只是垂死之前喉咙里发出的咯咯声。化身天鹅的尤哈尼被困在最后一片开阔的水域，冻在水中，他不能飞起，而是把头低垂到冰洞的边缘，慢慢地滑进黑水之中，随后那黑洞彻底闭合了。

玛丽亚觉得自己的身体正在散架坠落。她握着尤霍的手松开了。她坠啊坠啊，没有尽头。她看到一切都变成了一片无边无际的雪野。

然后，永恒终止了。大地没有温存地接受她。一场无情的寒冷正在前路等待，那是永不停息的大雪，随着玛丽亚的跌倒，幻化成一片云彩。

死神的颜色是白色的。他的雪橇在玛丽亚身旁停下。死神自己占据了马夫的座位。就连沙皇也从树梢上下来，与死神并肩而坐。雪橇消失了，一片白色的黑暗降临，埋葬了一切。

"母亲……"

玛丽亚听到尤霍的声音。之后，她什么也听不到了。

参议员

一条孤零零的狗的吠声在街上回荡，那狗的吠声越来越强烈，变成了嚎叫。在更远的地方，在坎皮[1]的方向，另一条狗开始狂吠，随声伴奏。参议员迟疑地走上郁里允街，在家门口停下，看着漆黑的窗户。

第三条狗也加入其中，上演了犬吠的演唱会，凄凉的嚎叫声此起彼伏，宛如浪头在海岸褪去，消失在沙滩上，为另一个浪头让路。月亮已经升起，在月光的映照下，参议员看到自己的呼吸冒着热气。他孑然一身。参议院中他的支持者纷纷渐行渐远。阿德勒伯格将如愿以偿，圣彼得堡铁路线的建

---

1. Kamppi，芬兰首都赫尔辛基的一个社区，19世纪时曾是俄罗斯帝国的军事区，有很多兵营和训练场。——译者

设也将动土。为达铁路建设的目的将会产生一笔巨债，而这笔巨债将使整个民族深陷泥潭。

这房子看上去颇为凋敝荒凉，深色窗帘投下的阴影增强了空虚之感。此时他多么需要向人倾诉啊，可是却没有一个人醒着。

最近几个月，每天夜晚，他都会走到半路去接妻子，而每天早晨，他都会独自醒来，回到小路的起点。每当晚上闭上眼睛时，他都会看到珍妮特躺在床上因剧痛而扭动着，竭力生下一个早产儿。床上血流成河。他自己则无助地站在旁边，抱着两岁的玛格达莱娜的尸体。玛格达莱娜小宝贝需要下葬，现在珍妮特也离他而去，还带走了一个小小的新生儿。十年前这些梦魇一度折磨着他，现在他又开始被同样的噩梦缠绕。这些梦再次出现是在九月初一个结霜的夜晚。梦魇的重现无疑意味着今年冬天对这个国家来说将是一场巨大的灾难。

十月底，阿德勒伯格重新上任坐回了总督的位置。而参议员一向与因德雷纽斯交好，因德雷纽斯曾让他放手一搏。阿德勒伯格从他们手中夺过了缰绳，现在亲自驾驶着马车：信马由缰，像一头猛兽驰骋在博腾区的乡村小道上。

这条铁路的建设将耗资巨大，与德国人谈判的贷款将使国民经济濒临破产，而且还需要众多的劳工。饥肠辘辘的人们将被从家中拖出来修路，而且显然疾病会传播，很多人会因此丧命。

一束光从房子里映出，总算还有人醒着。参议员从大门进去，听到大厅里有响声，管家从厨房里走了出来。

参议员走进客厅，点亮了桌子上的油灯，他调小了火苗，让那光勉强照着两把扶手椅和墙上壁龛的一幅小肖像画。

"屠夫的账单付了吗？"

"汉娜是个好姑娘。她从不误事。您就别为这些琐事担心了。"

"那就好。乌尔丽卡，你下去睡吧。我要再待一会儿。"

乌尔丽卡道完晚安就抽身离开了。

参议员在灯光昏暗的房间来回踱步，习惯性地拉直了窗帘上的褶皱。这副窗帘是他亲自挂上去的，那时珍妮特还健在。

他给自己倒了杯酒，坐在其中的一把扶手椅上，盯着对面的空椅子。要是有个老朋友坐在那儿，有一个可以跟他讨论世界局势的人就好了。

参议员调大了油灯的火苗，好看清墙上的画像。他仔细端详珍妮特的面庞，看了又看，好让珍妮特牢牢地印在他的脑海之中，永不消失。珍妮特表情庄重，乌黑的眼睛稍稍眯起，妩媚动人。

月亮躲到了云朵之后。整条街横亘在黑暗之中。参议员拉开一线窗帘，从窗户里看到了自己的影子。他吹了吹烟斗的烟丝，在微光中看到那脸一闪，两眼间蹙出一道深深的川字纹。

他在想，人们似乎总是对细枝末节兴趣盎然。然而，最重要的是要看到整体，只有纵观全局才能明白细节的重要意义。否则，细节就会悬在空中，就好像他眉头间的川字纹不过是窗玻璃上的一道划痕一样。

尤霍记

先摔倒的是那孩子,他挣扎着双膝着地,想直起腰身,而那女人倒下时,就好像她在雪中瓦解了一样。泰奥让马夫停下,那人一边勒缰绳一边诅咒。

那女人已经没救了。泰奥摘掉皮帽,跪在地上,把脸颊压在她脸旁的雪中,看进她的眼睛。那双眼睛被一层苍白的薄纱遮盖着,像窗前拉上的帷幔。在薄纱后面是寂寥的空虚,那种人们常在死人的眼睛里看到的寂寥的空虚。泰奥试图从这个女人的目光中召唤出最后一丝垂死的火焰,但是无望。那火光已经转移到了男孩身上,没有那借来的光,他也活不了多久。

客栈的马夫称,他们不是本地人。

泰奥问:"要拿他们怎么办呢?"

马夫想,这又不是你泰奥的问题。马夫说,要他说,就不管他们,包括那男孩,让他留在他母亲身边,反正他的小命也不保了。泰奥抱起孩子向雪橇走去。他让这对母子骨肉分离。尽管死神早已让他们生死相隔。泰奥只是想阻止身披黑斗篷、手持镰刀的骷髅来纠正这个错误。

他们走了一段距离后,男孩才回头看。也正是在那时,他才意识到不对劲,他伸出手,低声呼唤:"母亲。"那女人仍躺在雪地中央,一动不动。雪轻轻地将她包裹起来。雪橇到达森林时,这些行路人如果不是刻意寻找她,就再也分不出女人和雪了。

一旦男孩入睡,他就再也不会醒来。泰奥寻思,也许马夫是最清楚不过的。与其让这个男孩死在一架陌生的雪橇里,还不如死在他母亲身旁。他们最终会被投入万人坑,那样他们可以永不分离,谁也不必独自长眠。

但这孩子还活着。

尤霍惊了一下，开始找他母亲。泰奥的目光掠过路旁的树木。在那银装素裹的枝头，日光正在悄悄变蓝。那顶皮帽别扭地蹭了一下他的前额。

"你叫什么名字？"

"尤霍。"

"我是泰奥……泰奥叔叔。你父亲在哪儿？"

"睡着了。"

"爸爸在哪儿睡着了？"

"玛塔莱娜去谷仓找爸爸去了。"

"玛塔莱娜又是谁呀？"

"我姐姐。"

"你姐姐也睡着了吗？"

"嗯，姐姐也睡着了。"尤霍低声说。

父亲、母亲和玛塔莱娜都不在了，只剩下了尤霍。那男孩久久地盯着马夫那顶破烂的帽子。

泰奥试探性地问道："你们从哪儿来？我是说，你们住在哪里……或者你们以前住在哪里？"

但他只瞥见了男孩那不解的眼神。他意识到试图弄清楚孩子和他母亲从哪里开始乞讨是多么的无望。

"母亲也会去谷仓吗？"尤霍问。

"那是当然……但是现在叔叔要带你进城。"

"去教堂？"

"没错，去一个很大的教堂。"

"那母亲不来了吗？"

到了村子里，泰奥找到了一个当地医生，一个叫勒夫格伦的村医。泰奥提出要付房费，但勒夫格伦断然拒绝收钱，尽管此前他们从未见过面。而且勒夫格伦坚持要给他的同行找张床过夜。勒夫格伦还对泰奥一再说，他们想待多久，就待多久。

泰奥解释说："这孩子是个亲戚。我要带他去赫尔辛基，他的父母都不在了。"

勒夫格伦医生瞅了一眼尤霍破烂的衣衫，捻了捻他那尖茬茬的胡子。

"那我们可得给他找点像样的衣服穿。"勒夫格伦说,"怎么说他也要进城了。"他笑呵呵地加了一句。

他是对着尤霍说的,但那男孩并没有动容。他看着村医的鞋子,好像它们有什么魔力。

那男孩在干净的床被间睡着了。泰奥怀疑,这孩子是否曾经见过这么干净的东西。尤霍并没有对那床被赞叹不已,他似乎对这个世界已经逆来顺受惯了。饥寒交迫,一碗汤和一张温暖的床,这一切都无法改变男孩脸上那肃穆的表情。

勒夫格伦递给泰奥一杯酒。泰奥离开了座椅,走向窗边。雪在玻璃窗外纷飞打转。对泰奥来说,从暖和的室内看着那暴风雪,这一幕有些虚幻。那层薄薄的玻璃就是隔开两个世界的一层薄膜,泰奥不敢去触碰它,生怕打破那魔咒,让外面的世界闯入他自己的现实中。

他想起了那个躺在雪堆里的女人,想着那雪是怎么飘落在她身上,到头来并不是把她轻轻地包裹起来，而是将她吞噬，就像汹涌的海水将遇难者拖入大海的深渊一样。那女人是尤霍的母亲。而此刻，这个男孩无依无靠，他在泰奥的手中，他未来的命运要取决于泰奥。

在旅途中，泰奥也曾在路边看到过几具尸体，但那女人是唯一他看着死去的。一切都在骤然间发生，没有戏剧性的冲突。那女人就是跌倒了，却再也没能站起来，就好像大地一口把她吞下，只留下了一个空壳。

但是她的灵魂能穿透这冰冻的大地吗？泰奥不得其解。也许那女人身体里面的东西统统不见了。她的灵魂衰竭了，正如每个人的灵魂最终都会衰竭一样。对于有些人，灵魂顷刻间燃烧，昙花一现，如一张投入火中的纸。对于其他人，比如那个女人，灵魂慢慢燃烧成灰烬，飘散在风中。如果那女人还有什么不能割舍的，那就是这个男孩了。只有泰奥和尤霍还记得她。虽然泰奥只知道那女人临终时的样子，此外对她一无所知，但他知道他对那一幕的记忆比男孩自己对母亲的记忆还要长久。这个男孩还那么小，那种记忆不会伴随他太长时间。当尤霍长大成人的时候，夜间他会从噩梦中惊醒，躺在被汗水浸湿的床单上，呼唤他的母亲，却不知道自己在呼唤谁。

"天气好的时候，我们可以看到那边的教堂。"勒夫格伦打断了泰奥的思绪。

勒夫格伦跟泰奥讲，他以前认识约翰·伯格大夫，还跟他说今冬死于流行病的医生不会只有约翰·伯格一个。

"从这个方面讲，开救济院是妥善之举。穷人必须被封闭在他们居住的地区。最糟糕的莫过于乞丐大军人流的增加了。"

"这些人只会有增无减。"

"怎么才能让他们明白，这样做的机会是多么渺茫呢？"勒夫格伦悲戚道。

"渺茫，没错，但正如你所说，毕竟还是机会呀。"

"他们引发了动乱。这片教区的粮仓已经被抢劫一空了。不过,最麻烦的还是斑疹伤寒。老弱病残、饥不择食的人是最易感人群,但是健康的人们也难幸免。"

勒夫格伦说,村里的救济院已经开了近两个月了。

"疾病没有在周围传播?"

"在那里居住的人,三分之一都已经患病了。"

"他们在救济院里做些什么?"

"手工艺品。"

"这些产品有销路吗?"

"凑凑合合。即使产品卖出去了,所得的进项也买不到食物。但如果大家都留在原地不动,情况就更好掌控。设想一下,如果所有的病人都在全国游荡会是什么样子。"

"确实。我的话听起来很刻薄,见谅。这孩子的命运让我郁郁寡欢。"

"我理解。说真的,在这种情况下,仅有的选择也一无是处。此时正是考验人们的时候。"勒夫格伦边说，边往泰奥的杯子添了点酒。

次日，雪停了，但是尤霍太虚弱了，无法继续赶路。于是，泰奥与勒夫格伦一起到附近的山上滑雪。

从山顶上看，沐浴在阳光下的冬日景色很美。在这一地区留下印记的所有苦难都消失在雪野之下。泰奥望着浩瀚天空下起伏的森林景观，想知道它的尽头在哪里。他从森林中一跃而起，飞越低矮的山丘、冰冻的湖泊和开阔的田野，还有簇拥在周围、似乎一有风吹草动就会被席卷到雪下的低矮灰白的小房子。他顺着河床飞过一个小镇，这个小镇就像一只受重伤的蜘蛛织成的蜘蛛网。那些房屋看上去像粘在网上发黄的云杉针。接下来又是森林，点缀在田野之间，直到看见无边的大海在地平线上波光粼粼。大地俯冲在覆盖着冰块的海洋之下，在那边某个地方，就在半岛一角，赫尔辛基若隐若现。泰奥俯冲下来，靠近石屋的房顶，与此同时，大海挣脱了冰毯，浮冰被掀起，冲进小渔船中变成了船帆。有些浮冰上升，幻化成海面上成群结队的海鸥。他折向卡塔亚诺卡，仍然漂浮在一群海鸥中间，由吹过海上的微风将他带到岸边。从那里，他看到了马特松，他正坐在自己家旁检查渔网。时不时地，马特松会在石头上磕磕烟斗。他还插空跟尤霍聊着天，而尤霍就坐在他身旁，急切地观察着他的监护人是如何仔细检查渔网的。马特松说了些什么，逗乐了那个孩子。

远处的树木看起来星星点点，但它们和泰奥身旁耸立的树一样高大。如果在这个浩瀚的宇宙中，松树都如此渺小，那么他和他的牵挂又是多么微不足道呢？

每当他于大风中瞭望大海时，总有同样一种无足轻重的感觉袭上心头，而这并非是一种糟糕的感觉——相反，这是一种解放。

老城边的海水结着冰。在昆普拉[1]的田野里，风卷残雪，但是在这里，在城市附近，感觉不像内陆人烟稀少的地方那么破败荒凉。他们路过了一群衣衫褴褛的人，有些人给他们让路，躲在路边，另外一些人则堵在路中间，假装看不到雪橇。当马夫直奔他们而去时，他们见状挥舞着拳头，对驶过的雪橇一顿臭骂。没有任何人客气地退到一边。他们也许在流浪期间学到了一些东西：要么你固执地沿着自己的路跋涉，绝不让步，要么你躲得远远的到大雪深处，再从别人的脚边爬出来，在那里卑躬屈膝。但也许到那时你就没有力气重新上路了，而是原地冻住，变成了一座白色的雕塑，如罗得[2]的妻子一样。

在新铁路通向港口后，这一带的景色也随之改变，变成了满是岩石、草木茂盛的地带，到处也都

---

1. Kumpula，芬兰首都赫尔辛基的一个区。——译者
2. Lot，《圣经》中人物，在逃出罪恶之城时，他的妻子因回头顾盼，变成了一根盐柱。——译者

是低矮的木屋。左边，在铁路与海之间，别墅林立。哈卡涅米[1]铁匠铺中，浓烟滚滚，直入蓝天。

泰奥想象，不出十年，长堤两边的房屋会夹道而立。在一个如今天一般阳光明媚的冬日，尤霍会从某座住宅里出来，朝他眼前众多工厂之中的一家走去。拉尔斯曾预言，这里的工厂将会像雨后春笋般涌现。

想得美，哪能如此光明灿烂。想到这，他无不嘲讽地哼着鼻子。他把浮想带到一个烟雾缭绕、光线昏暗的小工厂里。在那里，他遇见了尤霍，直到那一刻之前，他还是个意气风发的青年。可那时已不见他往日的风采，他弯腰驼背，未老先衰，成了茫茫人群中那些一度年少、现在却变得面色沧桑的人中的一个无名小卒。好歹，工厂里那些吃尽苦头的人至少可以不必风吹日晒，不必面对反复无常的大自然，而不是像现在一样，在那悲惨不堪的土地

---

[1] Hakaniemi，芬兰首都赫尔辛基的一个非官方区。现在被视为赫尔辛基市中心的一部分，历史上通常与工人阶级和工人协会相关。——译者

上，被困在苍凉的荒野和田间边的沼泽中。

他们经过收费亭，因为冬天的缘故，里面空无一人。他们一到那座小桥上，马夫便驱策马匹，让它全速奔跑。泰奥不明白为什么乡下人总要这么做。雪橇开始颠簸摇晃，但泰奥早已习惯了旅途中坑坑洼洼的路，并不觉得难受。这种摇摇晃晃的感觉似乎也没有困扰尤霍。他那冬灰色的眼睛睁得大大的，流露出好奇的神色，目瞪口呆地看着从身边闪过的栏杆和远处那广阔而冰封的大海。他并没有多说什么，只是好奇地观察一切。这就好，泰奥想，这会使他暂时忘怀他的母亲。

到了西尔塔萨里[1]，马夫不得不放慢速度。这里的工厂作坊鳞次栉比，人群熙熙攘攘。泰奥看向西方，一股怀旧情绪涌上心头。就在那里的某个地方，在岛的西边一角，有一家酒馆，几年前，他还是一个大学生的时候，曾和约翰、马蒂亚斯坐在他

---

1. Siltasaari，芬兰首都赫尔辛基的社区，现在大部分都被哈卡涅米区覆盖。——译者

们经常光顾的那张桌子旁,将自己的零钱投入保龄球比赛,一边饮酒一边高唱贝尔曼[1]的小曲。现在约翰·伯格不会再唱了,甚至在最后的告别之际泰奥也没有给他唱任何贝尔曼的歌曲,而是坚持唱了他们一直非常反感的、一成不变的、枯燥的赞美诗。虽然那些赞美诗适合那片景色,也适合那灰暗天空下约翰·伯格的坟墓,但他本可以反抗天神之威而演唱贝尔曼的,以此大胆地宣示,快乐也曾经在那苦难中绽放,快乐不是来自对另一世天堂的信仰,而是来自粗鄙与淫荡。而最终,我们的生命也不过为此而已,泰奥这样想。

一到长桥,马夫又策马扬鞭吼叫着让马儿疾驰,他认为房屋和其他占用道路的都是讨厌的东西和障碍物,它们妨碍了他和马炫耀狂奔的速度。按理说,其他人应聚集在路边,欣赏马夫的炫技。泰

---

[1] Bellman,全名 Carl Michael Bellman,卡尔·迈克尔·贝尔曼(1740年—1795年),瑞典诗人、作曲家、表演家,至今仍对瑞典音乐和斯堪的纳维亚文学有重要影响。——译者

奥本想提醒这个男人,架着一辆空雪橇和载着乘客——一个医生之间的区别,但他知道他只会遭到轻蔑的白眼,马夫会把他当成懦夫,泰奥不得不承认,这种看法也许不无道理。

他们终于到达了西尔塔瓦里[1],他顿觉如释重负。进城后,马夫向后推了推帽子,故作沉着地驾驶着雪橇。

拉尔斯亲自来开的门,家中的女佣去参加什么慈善活动了。拉尔斯注意到了尤霍,俯身看着那男孩,满脸的困惑。男孩的头向后一仰,迎着他的目光。

"你可愿意收留他?"

拉尔斯猛地挺直腰板,快得让泰奥担心他会向后跌倒。拉尔斯装作听错了,好像泰奥说了什么超级好笑的话。

---

1. Siltavuori,芬兰首都赫尔辛基的社区。——译者

"你愿意收留这个孩子吗?"泰奥不依不饶,"抚养他?"

泰奥跟拉尔斯讲述了关于男孩的一切,他如何又是在哪里发现的他,以及他所了解的孩子的身世。虽然寥寥无几,但还是比尤霍本人对自己的旅程了解得多。

拉尔斯一直在肺部憋着口气,当他终于设法把气吐出时,那呼气声听起来像是反对。"你不能就这样收留一个孩子。"

"但你也不能就那样对他不管不顾啊。"

泰奥让拉尔斯征求一下他妻子拉克尔的意见。拉尔斯认为那于事无补。在他们家,他说了算,至少,类似这样的决定,他还是能做主的。就此问题,泰奥也让他哥哥一同征求拉克尔的看法。

"进来吧。"拉尔斯想明白后终于开口了。

他们坐在客厅里,尤霍除外,他站在院中巨大的月季花树前,把手指使劲往土里塞。泰奥跟拉克尔重复了一遍他刚跟拉尔斯说的话。拉克尔久久地凝望着丈夫。泰奥带着尤霍去了拉尔斯的书房。他从书架上挑选了《军旗手斯托尔的故事》[1]，给男孩看里面的插图。尤霍一本正经地看着那些图画，在每幅插图旁边都留下了一个泥乎乎的手指印，随着书页向后翻，那泥痕印越来越淡。

当他们回到客厅时，拉尔斯似乎仍在迟疑不决。但当拉克尔跪在男孩面前时，事情就此解决了。

她抚摸着尤霍的金发，每碰一下，男孩就歪一下头。

"叫妈妈。"拉克尔指着自己说道。

男孩看着她，冰灰色的小眼睛里满是诧异，然后那冰突然破裂。尤霍微微一笑，拉克尔的眼泪顺着脸颊流了下来。

---

[1] Fänrik Ståls sägner，芬兰民族诗人约翰·路德维格·鲁内贝格（Johan Ludvig Runeberg）创作的史诗，描写的是1808年—1809年的芬兰战争，从出版到20世纪中叶一直是芬兰和瑞典学校的必读教材，诗中的部分被用作芬兰国歌《我们的国家》的歌词。——译者

1868 年 4 月

不经意间，某条小溪的潺潺细流会吓你一跳。雪在融化。在老教堂的墓地里，十字架揭开了雪的面纱，探头探脑地环顾四周，想看看是否到了该出现的时间，以提醒人们在四季的轮回中人生的无常。

拉尔斯·伦奎斯特从林荫大道的大门走进了公园，他背着双手，仰望着万里无云的天空。一群麻雀吸引了他的目光，他突然忆起去年的七月，一只麻雀在参议院广场[1]沿着石砌的路推一枚硬币。那

---

1. Senate Square，位于芬兰首都赫尔辛基市中心，是该市的政治、宗教、科学和商业中心。——译者

可怜的小鸟左右移动它的头，试图用鸟喙衔住那片扁扁的金属，失败之后，又轻轻推了一下。

参议员问道："西西弗斯[1]，你这是要去哪里呀？"他捡起了那枚硬币。那只鸟振翅飞走了，但没飞多远又停下，气呼呼地鼓起了翅膀。

他们俩都曾批评过人们的粗心大意，播撒现金就像播种大麦，好像庄稼会从集市的鹅卵石中间长出来一样。然后，参议员举起那枚硬币，他们在阳光下审视，查看上面代表帝国的字母饰纹。参议员提醒拉尔斯要注意这样一个事实，因为这枚硬币经过很多人的手，它已经被磨得没有棱角了。在参议员看来，这只意味着一件事：这些人的经济能力。谁会预先猜得到呢？所以这是一颗种子，在某种程度上，一颗民族的种子，是其财富的萌芽。参议员说。他亲切地在拉尔斯的肩膀打了一拳，拉尔斯感到前所未有的幸福。他想，人们会记住他们，就像

---

1. Sisyphus，希腊神话中的人物，因触犯众神而被罚往山顶推巨石，失败后又一次次重来。——译者

铭记歌德和艾克曼1一样。再也不会出乱子了，夏天终于来了，圣尼古拉斯教堂的圆顶沐浴在阳光之下。早在六月，就有传言说，雪橇仍在内陆冰封的湖面上行驶，人们以为冬天似乎永无尽头。灾荒之年接连不断，但到了七月，拉尔斯觉得一切都会好转。黑麦会慢慢成熟，但是秋天来得太快，随之又是无尽的冬天。

不管怎么说，此时已经春回大地。

"你们就像参议院一样，为粮食争吵不休。"拉尔斯对着麻雀说。

他拍拍巴掌，想把那群麻雀赶走。这些鸟儿已经开始干扰到他的思路，但鸟儿忙于你争我夺，无暇理会他。拉尔斯弄不明白，在这样的时候，普通老百姓在地上连根麦秸都找不到，是谁有这个经济能力可以扛着麦秸捆穿过公园。他想起了1711年，

---

1. Eckermann，全名 Johann Peter Eckermann，约翰·彼得·艾克曼（1792年—1854年），德国文学家，歌德的助手兼朋友，著有《歌德谈话录》。——译者

那个瘟疫爆发的灾年，并凝视着公园的另一头，仿佛看到了一位老熟人。当时数百名死去的人被埋葬在这里，粮食连年歉收，流行病说来就来。

瘟疫爆发两年后，俄罗斯人摧毁了这座城市。但是居民们又返乡，在原址上重建了家园。拉尔斯想，我们已经熬过了瘟疫和战争，所以今年也有望挺过去。但他在自己脑海里听到了一个声音：也许我们可以，但更多人无法挺过去。那是泰奥的声音。

"参议员一走，参议院大楼就变得如此死气沉沉。"拉尔斯长叹一声，对着一只跳到他鞋子边啄麦壳的麻雀说道。

总督阿德勒伯格对参议员的建议或命令——让他申请三个月的休假——意味着他将就此离开参议院。他的政治生涯结束了，拉尔斯心知肚明。参议员还没做好退休的准备。今年春天可能会如期到来，但这本身已经毫无意义。一个凄凉的真相将从雪下浮现。对人们来说，流血牺牲将一直持续到秋天。

拉尔斯在老教堂的拐角处停了下来。他微微歪着头,像一个被人在幕后用绳子操纵的木偶。他透过教堂屋顶的屋脊望向蓝天。从卡塔亚诺卡的方向传来了大炮声,每天中午那里的海军军营都会发射大炮。

大炮的轰鸣声充斥在卡塔亚诺卡的大街小巷,试图寻找一条穿过迷宫通向海湾和大海的道路。

泰奥脚下泥泞的雪,从小路溅到了房屋的影子上,溅到了碎石基的围墙上。残酷的冬天在茅舍中寻求庇护,而此前不久寒冬还从四面八方重创它们。但是卡塔亚诺卡的简陋小屋经受住了寒冬的猛攻,它们仍然屹立,歪七扭八犹如其住户的牙齿。

春光乍现,雪融化成细流,汩汩地流过这条小巷,三个孩子在最大的那条小溪里放了一个轮子。

如果大自然的威力都不能把这些悲惨的住所抛掷大海,那又有什么能摧毁它们呢?马特松坐在一块岩石上,正对着他那敞开的屋门,往烟斗里装烟丝。泰奥注意到自从他们上次见面后,这个人又消瘦了不少。马特松的脸上又增添了不少皱纹。但他是一棵百年不老松,一直生长在一个石头岛的一角:每一次敲打、每一次磨难都会在他的树干上留下印记,让他看起来比以前更强壮。

萨拉从木屋走出来,把一桶废水倒进长长的洼地形成的一条沟渠里,又返回屋内。如果说马特松体重减轻了,那萨拉的脸颊则褪尽了昔日曾有的肌肤光泽。但她怀孕的迹象比以前更明显了。她的肚子圆鼓鼓的,像是清水湖后面的一座小山丘。

泰奥之前来过一次,内心一直隐隐在笑,不知是否应该祝贺马特松"喜得贵子"。而马特松同样回望着他,好像在估量一手牌的胜算。

马特松终于开口说道:"破冰了。"他跟泰奥说,一旦船可以移动,他就打算出海。泰奥问马特松,那萨拉怎么办。事实上,这正是马特松想和泰奥谈的事情。泰奥未语先笑，猜想马特松会委托他来给孩子接生。但后来他突然记起，他也和萨拉睡过，并计算了一下月份。

"你独自一人过活，为何不干脆收下这个姑娘做做家务？她很能干。当然，她对你们这些上等人吃的佳肴一无所知，但她可以学。"

马特松沉默了片刻，低头盯着他的鞋子。他对着膝盖吐了一缕细细的烟，显得有些犹豫。

"而且她还没有彻底被耗干。"最后他咧嘴傻笑着说。

"一条街会被走来走去的人磨损殆尽吗？"泰奥反问道，他试图显得趾高气扬，但并不十分成功。

马特松瞥了泰奥一眼，就像个师父看着一个试图用男子汉口气说话的半大学徒。

"那孩子呢？是你的吗？"泰奥问。

"我的、你的……波兰人的，谁能说清？反正是她的，是萨拉的。一生下来都一样，都是同一个世界的孩子。但如果一个出生在茅屋里,一个出生在豪宅里——那就大有不同了。那取决于主,不一定是天上的主,医生有时也能扮演主的角色。"

马特松的目光如炬,犹如在泰奥的身上钻了一个洞,而西南风就从这个洞里吹过。泰奥意识到马特松认为他才是孩子的父亲。他怒火中烧,思虑是那人自己把他带到了萨拉的床上,因此应负全部责任,但他甚至无法说服自己。接下来,他又迫切地想知道,为什么马特松任由形势发展到现在这样,为什么在冬天时不叫他来,那时好歹还能采取点措施。马特松透过他眼睛所钻的洞看穿了泰奥的这些想法。

"我本想带她去找打胎婆,但她猜到了我的用意,不肯去,还跟我闹了一场。"

泰奥想到了如果他把一个怀孕的女仆带回家所可能引发的丑闻,而那就是问题所在。

此时此刻,泰奥手中拎着自己带过去的手提

箱，里面装着萨拉的少许财物。萨拉走在泰奥后面，她并不没话找话，这点他还比较满意。但泰奥后背能感觉到女孩温暖的目光，他假装那只是春日的阳光。在集市广场上，泰奥感觉所有卜流社会的人都在侧目看着他们前行。

泰奥带萨拉看了看他公寓的几个房间。他答应明天给她弄张沙发床，今晚她得将就着睡在泰奥的床上，紧接着又补充道，他自己会睡在那张单人沙发上。

"那样你只会莫名其妙地弄得自己腰酸背痛。"萨拉答道。

她坐在床沿上，打开箱子，扫了一眼里面的东西，又立即合上，没有取出自己的东西。

泰奥凝视着窗外的街道，然后望着自己在窗玻璃上的影子。透过影子，他看到一个贩煤的推着手推车穿过街道，还有一个女人停下脚步看了看天空。

从约翰·伯格的葬礼回来后，他还没去见过塞西莉亚。三月的时候,他听说塞西莉亚离开了。老鸨说她跟着某个富商去圣彼得堡了。但那不像是塞西莉亚的做派,泰奥寻思着。那她还会因为什么离开呢?他想到了另一个原因,一个更令人沮丧的原因。

泰奥决定不去理会家里出现怀孕的女仆可能引起的流言蜚语。反正他在这个城市也没有什么前途。他更担心的是拉尔斯,他的哥哥会因这些议论而受到更大的影响。

泰奥坐在书桌前,打开日记本写道:"当这一切结束时,当局势更加平静之后,当道路上不再充斥乞丐大军的时候,我将前往维堡[1]并在那里定居。阿德勒伯格的铁路建成后,我要乘火车去圣彼得堡寻找塞西莉亚。

"到时候会发生什么,我不知道。我该对她说什么呢?如果我最担心的事情真的发生了,那还有

---

1. Vyborg,俄罗斯西北部列宁格勒州重要港市。在波罗的海芬兰湾东北岸的维普利湾口,东南距圣彼得堡129公里。——译者

什么可补救的吗？也许我可以帮她疗伤，减轻她的痛苦，让她在临终之际不那么凄苦。"

萨拉还坐在床边，抚摸着她的肚子。泰奥想，她要做母亲了，刹那间，他回忆起了在雪地里死去的女人和他救出的男孩。眼下，尤霍已经学会叫拉克尔"妈妈"，但他从来不说"母亲"。那两个字眼不见了，在尤霍的脑海中远远地消失了。有时，它会在他的梦中低语，引发一波连睡觉都不能缓解的凄冷、饥饿和疲劳的洪流。

"宝宝在踢我。过来摸摸。"

泰奥把手心贴在萨拉的肚子上，腹中的胎儿又踢了几下。

泰奥思来想去，也许那胎儿早已渴望自由，想找寻子宫之外的自由，并希望摆脱母亲的束缚。谁愿意向孩子透露，其实根本不存在什么真正的自由呢？我们越是滑向自由，就越疯狂地摸索我们所有可以戴上的枷锁。人人都受自己的冲动驱使，追逐那可望而不可即的虚幻。枷锁的长度展示的是我们自由的界限，我们只有随遇而安，才能不受界限的困扰生活。我们自己的欲望就是最大的拘囿。一旦我们的欲望泯灭了，我们也就无须再挣扎了。

参议员

参议员的体态变了，他稍显驼背，仿佛责任的重担仍压在他的肩上。参议员看着站在门口的拉尔斯·伦奎斯特，寻思他那忠诚的下属是否因为比他高大挺拔而感到内疚。

可一旦坐到扶手椅上，参议员就挺直了腰杆。

"正如我所料，在所有最具灾难性的紧急救援项目中，铁路建设工地正迅速成为最大的一个。"他不无惋惜地哀叹道。

他嘴角上扬，露出一抹目空一切的微笑。参议员发现拉尔斯·伦奎斯特脸上也匆匆闪过同样的笑容。在那一刻，参议员想到了成千上万的尸骨。在人群大量聚集的地方，饥荒和流行病最易蔓延。

然而，他脑中有个微弱却言之凿凿的声音指

出，在这个冰天雪地寸草不生的地方，这条铁路仍然代表着这个国家向前迈出了一步：它属于永久性的资产，是向工业化和资本主义国家发展的基石。相比他自己推广的救济院，这个项目更加宏大。但他内心住着的老学究却用拳头捶了捶桌子，静默了这样的谈论，把声音打发到了满是羞愧的角落里。

"从人的角度来说，这确实成本太高了。"拉尔斯·伦奎斯特随声附和道。

"还不仅是从人的角度看成本过高。我们不能把个人的幸福凌驾于民族的未来之上。但那些条件——国民经济无法承受。我们得花很长一段时间偿还这些债务。"

参议员闭上眼睛，深深地叹了口气。"伦奎斯特，说实话，你觉得我是个冷漠的人吗？"

"不是，绝对不是。您有远见卓识。领导需要强悍，您是参议院唯一彰显这一品格的人。"

"对。我不知道一直围在我身边的是狼还是羊。预算管理没有什么真正的替代性选择。谁也无法预见这样的灾难。就算我现在的处境和一年前一样，我也不会做出任何不同的选择。"参议员这样说道。

但他还是感到内疚，每天晚上，负疚感都在他梦里作祟。他担心这种感觉会一直伴着他到入土为止。每天晚上，同一个衣衫褴褛、没头没脸的人影都在雪路上跋涉，他知道那是过去的一年。

客厅的门开了，拉克尔走进来，手中牵着一个小男孩。五月的阳光透过窗户照进来，在参议员转头看他们时，照亮了他侧脸上的皱纹。他的表情温和了一些。

"啊哈，这就是那个以我的名字命名的男孩了。"

"是的，我们的约翰。"

男孩穿着一套水手服，这衣服与有天使般卷发的孩子无比相配，但眼前这个男孩只有一头又细又直的头发，这衣服无法掩饰他是农民的儿子的容貌。不过，他已经学会了人靠衣装的功夫。最初来到伦奎斯特家时，男孩眼睛周围的黑眼圈仍然依稀可见，现在只是变成了苍白的阴影。他那天生苍白的皮肤已经有了些许血色，小眼睛里除了原来忧愁的庄重，还有了一种新的温情。

餐桌已经布置好。约翰面前放了一个瓷碗。他道了声谢，优雅地拿起勺子，从碗里盛汤喝。突然，他的眼睛变得呆滞，似乎对周围的一切都漠不关心。他用勺子把食物郑重地舀进嘴里，仿佛在搞什么神圣而神秘的花样。

"其实，现在他既看不见也听不见任何东西了。"拉尔斯叹了口气说道，为这孩子的行为感到羞愧。

"那也不错。"参议员咯咯一笑，捋了捋他的络腮胡，"但他必须得吃饭，这样他才有力气学习和建设国家的未来。"

参议员去抓酒杯，酒洒在了桌布上，老人的脸一下子红了。拉克尔麻利地站起来，宽容地对窘迫的客人笑了一下，在被弄湿的地方撒了勺盐。白色的晶体覆盖在红色的酒渍上，逐渐开始变暗。

尾 声

船舷垮掉了。它未能熬过冬天，木板也未能承受住积雪的重量。一只鹊鸭从鸟巢里冲出，飞过那只损坏的小船，鸟掀动翅膀的声音在湖面上响起，直到风把所有的声音混成一片无法打破的寂静。但这时一只孤独的潜鸟发出了求偶的鸣叫。

一个瘦高的男人站在水边，他的目光随着波浪游移，一直看到对岸。他的身体饱受饥饿和疾病的蹂躏，在风中晃来晃去。只有拄着拐棍，这个人才能挺直腰身站立。随后，那纤细的手指松开了拐棍，棍子应声倒地，就像一条梭子鱼在芦苇丛中溅出水花。那人小心翼翼地蹲下，坐在靠近水面的石头上。他脱下鞋子，脱下破旧不堪的夹克、衬衫和裤子，光着身子走进湖里。水仍然凉飕飕的，但这个人似乎毫不在意，因为他已经经历了一场不可思议的大寒，到最后一切尽无，只剩下空虚。

夏天来了。这个人怀抱着这个想法，希望它能填补他心灵的空虚，好在内心也没有空间再容纳其他东西了。那潜鸟再次啼叫。那人走向水深之处，水漫过膝盖时，他张开双臂，扑进水中。湖水接纳了他。在水下，他慢慢地向水底坠落。有那么片刻，这个人想，他再也不会浮出水面了。

可随后，他开始游了起来。